Der Neunte von Zwölf

Kindheitserinnerungen
von
Karl Schönafinger

Herstellung und Verlag:
BoD - Books on Demand, Norderstedt
ISBN 978-3-7412-3956-4

Dieses Buch widme ich

meiner Frau,

der ich für wertvolle Hinweise danke,

meinen Kindern,

denen ich meine Kinderzeit etwas näher bringen möchte,

meinen Eltern und Geschwistern,

die manche Begebenheit in einem anderen Licht sehen

oder anders empfunden haben mögen

und

all den Menschen,

die sich in schwierigen Zeiten mit Idealismus

für den Erhalt unserer schönen Tiroler Heimat

eingesetzt haben.

Inhaltsverzeichnis:

	Seite
1. Vor der Volksschulzeit	5
2. Volksschulzeit	36
3. Beim Remp	75
4. Nachbarn und Verwandte	104
5. Auf dem Winterlehof	130
6. Schülerheim und Gymnasium	148
7. Schlussbemerkung	178

1. Vor der Volksschulzeit

Am 19. Februar 1949, um 5 Uhr morgens, wurde ich daheim im Bett meiner Mutter geboren, wo ich unter der Mithilfe einer Hebamme als schwerer Brocken von 4,5 kg das Licht der Welt erblickte. Es war nun ein interessanter Zufall, dass, nur ein Stockwerk höher, am selben Tag und im selben Haus, noch ein Junge zur Welt kam: Angelo, der Sohn unserer Untermieter aus Bozen. Dieser Familie standen damals bei uns ein Zimmer, die Küche und die Toilette des 2. OG im obersten Stockwerk unseres Hauses zur Verfügung. Zwei weitere kleine Zimmer auf diesem Stockwerk wurden für unsere eigene Familie benötigt, die eine Etage tiefer ihren Hauptsitz hatte und mit mir nun immerhin schon auf die stattliche Zahl von 11 Personen angewachsen war. Drei weitere Geschwister sollten noch folgen. Damit wurde die Schar der Kinder auf die Zahl der Jünger Jesu, nämlich auf 12, angehoben. Mit ihrem Kinderreichtum befand sich unsere Mutter in guter Gesellschaft mit ihren beiden Schwestern. Von diesen hatte die Älteste ebenfalls 12 und die Mittlere sogar 13 Kinder. Mein Onkel, der ältere Bruder unseres Vaters, brachte es hingegen „nur" auf 10 Nachkommen.

Mein Vater hatte in jenen Jahren nach dem Ende des 2. Weltkriegs wohl recht gut mit dem Holzhandel verdienen können und es fertig gebracht, auf dem von meiner Mutter geerbten, kleinen Hanggrundstück neben der Ernährung des bereits siebenköpfigen Nachwuchses ein für die damaligen Verhältnisse relativ stattliches Wohnhaus zu erbauen. Es wurde fast gleichzeitig mit der Geburt meiner um zwei Jahre älteren Schwester Lina im Jahre 1947 fertig gestellt und bezogen. Stolz ließ mein Vater vom Maler „Villa Waldrast" in schönen Lettern unter die in der Mauer eingelassene Jesusstatue gut sichtbar auf die vordere Hausseite schreiben.

Vorher hatte meine Familie in einem Haus am westlichen Ortsrand Jenesiens zur Miete gewohnt. Es stand damals direkt am Rand der „Wiedenäcker" (Widumsäcker), auf denen in den achtziger Jahren die erste Volkswohnbausiedlung errichtet und später, westlich anschließend daran, die meines Erachtens optisch nicht gut gelungene Neubausiedlung des Dorfes entstand, die heute Jenesien ein wenig wie einen Vorort Bozens aussehen lässt. Gegen Ende des Krieges, als alliierte Bomber häufiger den Bozner Bahnhof mit Bomben zerstören und damit der deutschen Wehrmacht den Rückzug aus der Apenninenhalbinsel abschneiden wollten, wurde die Familie des Öfteren vom heulenden Sirenenalarm aufgefordert, den Luftschutzkeller im „Lindnerloch" aufzusuchen. Das war für meine Mutter ein beschwerlicher Weg. Die Kinder mit den Geburtsjahren 1936 (Alois), 1937 (Filomena), 1938 (Maria), 1940 (Eduard), 1941 (Anna), 1943 (Johann) und 1944 (Friedrich) waren noch nicht alle kräftig genug, den beschwerlichen Ab- und Aufstieg in die tiefe Schlucht zu meistern und, zumindest die kleineren, mussten getragen werden. Sie versuchte deshalb, wenn möglich, diese Mühsal zu vermeiden und den Alarm zu ignorieren. Der strenge Ortsgruppenleiter aber und vor allem mein Vater, der vor den Kampfflugzeugen und Bombern einen übergroßen Respekt hatte, bestanden darauf, dass sie den tief unter dem Dorf im Wald, im „Mühlleitbach", befindlichen Luftschutz aufsuchten.

Eine Abkürzung ging mitten durch den Lindneracker hinter dem Dorfschmied. Einmal war dort gerade frischer Stallmist ausgebracht worden, als die Mutter mit den Kindern, eines davon im Arm, wieder zum Luftschutzkeller rannte. Sie musste sich von Zeit zu Zeit umdrehen, um sicher zu sein, dass die Kleinen nachkommen. Dabei stolperte sie über einen der Haufen und fiel samt Kind in den frischen Mist. Zur Hebung der Moral hat dieser Vorfall, wie man sich denken kann, auch nicht beigetragen.

Auf Jenesien fiel jedoch keine einzige Bombe im Kriegsverlauf. Warum auch? Dafür hatten gegen Ende des Krieges umso mehr den Bozner Bahnhof zum Ziel. Offensichtlich aber war er im tiefen Talkessel am Zusammenfluss von Talfer und Eisack nur schwer zu treffen. Die Bozner Altstadt sollte wohl geschont werden und so schlugen die Bomben meist auf den dicht dahinter gelegenen, Jenesien gegenüberliegenden, Berghang, dem Fuß des Kohlernbergs auf. Die Feuererscheinung bei der Explosion und der deutlich verzögert in Jenesien oben ankommende, laute Knall waren ein Schauspiel, das meine zwei ältesten Brüder gerne vom Balkon aus beobachteten, wenn es der Mutter mal gelungen war, den Gang zum Luftschutzkeller zu schwänzen. Ein besonders interessanter Anblick waren wohl auch die nach jedem Abwurf aufflackernden Waldbrände an diesen von Jenesien aus gut einzusehenden Waldhängen.

Gegen diese Bombeneinsätze kamen die rings um Bozen herum, auf den Bergen stationierten Flakgeschütze zum Einsatz. Wie mir mein ältester Bruder Luis erzählte, trafen sie aber wohl nur einmal einen Bomber, dessen Pilot sich dann mit einem Fallschirmsprung aus dem taumelnden Flugzeug retten konnte. Er landete schließlich im Lindnerloch, etwas nördlich des Luftschutzkellers, und sein Schirm blieb in den Bäumen hängen. Suchtrupps fanden ihn wenig später unter der Holzbrücke sitzend, die über den Mühlleitbach zum östlichen Teil Jenesiens führte, den man Enderbach nennt. Er wartete förmlich darauf, dass man ihn abführte.

Ein Flugzeug allerdings wäre meiner Familie beinahe zum Verhängnis geworden. Es ist nicht ganz klar, ob es sich dabei um ein von den unweit von Jenesien auf dem Altenberg und auf dem Salten stationierten Flaks angeschossenes, feindliches oder ein deutsches Flugzeug handelte, das einen Motorschaden hatte. Jedenfalls zog es am Himmel eine Rauchwolke hinter sich her und war offensichtlich manövrierunfähig, als es bedrohlich erst über dem Kreuzweger Weiher eine Kurve drehte und dann schräg am Kirchturm vorbei auf das Dach des Hauses zu trudelte, in dem meine

Familie wohnte. Glücklicher Weise flog es dann aber knapp über das Dach hinweg und schlug nur etwa gute fünfzig Meter dahinter auf dem „Wiedenacker" auf und zerschellte. Sofort brannte das Wrack und der über den Hang herunterfließende Treibstoff speiste eine lange, lodernde Flamme bedrohlich knapp hinter dem Haus. Mein Vater und mein ältester Bruder Luis mussten dieses schaurige Ereignis vom gegenüberliegenden Waldhang am Altenberg unterhalb der Flak aus beobachten, wo sie gerade bei der Holzarbeit waren. Schnell versteckte der Vater Säge, Axt und Beil unter abgeschlagenen Baumzweigen und sie eilten heim. Die Ungewissheit und Sorge um das Befinden ihrer Lieben beflügelten ihre Schritte. Als sie endlich ankamen, war der Löschvorgang der Feuerwehr bereits beendet. Da die wackeren Freiwilligen die Flammen, die der auslaufende Treibstoffs genährt hatte, nicht zu löschen imstande gewesen waren, hatten sie sich darauf beschränkt, ein Übergreifen des Feuers auf das Haus und den im Garten stehenden Schuppen zu verhindern. Dem Vater blieb nur noch, dem Herrgott für das Glück im Unglück und den durstigen Löschern zu danken und sie zu einem Glas aus seinem im kühlen Keller stehenden Rotweinfass einzuladen.

Jahre später haben wir Buben die noch gut erkennbare, etwas vertiefte und nicht vollends wieder mit Gras zugewachsene Stelle in der Wiese aufgesucht, an der das Flugzeug aufgeprallt war. Wir suchten und fanden auch kleine, rundgeschmolzene Metallteile des Wracks, die wir als wertvolle Funde sammelten und malten uns aus, was in dieser, selbst Metalle schmelzenden Hitze wohl von der Leiche des armen Piloten übriggeblieben sein mag.

Der Keller des neu erbauten Hauses, der „Villa Waldrast", bestand aus vier Räumen, von denen einer der Aufbewahrung von Speck, Sauerkraut, Kartoffeln und des Weinfasses diente. Ein weiterer Kellerraum wurde vom Vater zum

Viehstall umfunktioniert, im dritten stand das Werkzeugregal und Gartengeräte. Er wurde beim Schweineschlachten zum Aufhängen der toten Tiere und deren Zerteilung genutzt. Der Vierte war als Waschküche gedacht, diente aber auch als Heulager und Durchgang zu den anderen Räumen. An der Südostseite des Hauses befand sich eine mit einem Bretterverschlag abgedeckte Jauchegrube, in der sich die Fallrohre der drei Toiletten trafen, die damals aus einem mit einem Holzdeckel verschlossenen Loch in einem Sitzbrett bestanden und natürlich noch keine Wasserspülung besaßen. Den wertvollen Dünger humanen Ursprungs wollte mein Vater auf keinen Fall an eine Klärgrube und anschließend an den Dorfbach vergeuden, sondern im Winter als Dünger auf dem Gemüsegarten ausbringen, ein Unternehmen, das aber später aufgegeben wurde. Vermutlich war die Geruchsbelästigung doch zu unerträglich. Als ich später als Studierender in München zum ersten Mal das Lied vom Hintertupfer Bene hörte, der beim Fensterln vom eifersüchtigen Girgl von der Leiter in die Jauchegrube gestoßen wird, habe ich mir stets das Bild der eigenen, grausigen, übel riechenden Odelgrube als unfreiwilliges Bad des armen Bene ausgemalt.

Aus dem steilen, unfruchtbaren Hang machte der Vater mit dem Bau einer mir riesig erschienenen Natursteinmauer zur unterhalb verlaufenden Straße hin und dem Heranschaffen von Mutterboden aus einem etwa fünfhundert Meter entfernten Waldstück, dem „Haflingerwaldele", einen großen, relativ flachen Gemüsegarten. Bei diesen Erdbewegungen wurde, was in meinem Heimatdorf Jenesien damals eine Sensation war, ein motorisiertes Dreiradvehikel eingesetzt, das der Taler Peppi, ein Bruder des damals bereits verstorbenen alten Wirtes vom Gasthof Schönblick, auf irgend eine Art und Weise über den engen und steilen, sonst nur mühevoll von Pferde- und Ochsenkarren nutzbaren Weg von Bozen in unser Bergdorf gebracht hatte. Die Erde wurde vom Dreirad aus auf einen Haufen gekippt, von dem aus zwei

Männer sie mit Schaufeln durch ein schräg stehendes, auf einen Holzrahmen gespanntes Metallgitter warfen, wobei die Steine ab einer bestimmten Größe nicht mehr durch passten, nach vorne herunter fielen und abgetrennt wurden. Sie wurden als grober Schotter zum Hinterfüllen der Natursteinmauern verwendet und waren somit nicht mehr bei den späteren Arbeiten im Gemüsegartens hinderlich.

Die „Villa" Waldrast etwa um 1962. Im Vordergrund ein Pferdefuhrwerk auf dem Weg, der von Jenesien nach Bozen führt, die Stützmauern und der Gemüsegarten mit dem bereits etwas ramponierten Zaun, im Hintergrund der Latemar, ein südlicher Gipfel der Dolomiten.

Kurz darauf wurden weitere, etwas kleinere Stützmauern vom Huberseppl errichtet, um das Gelände oberhalb des Gartens, zum Hang hin zu befestigen. Seine Arbeiten interessierten mich immer sehr, wie er die Natursteine ansah, drehte, mal eine Ecke mit einem Steinschlegel weg schlug, mal schimpfend einen Stein nicht verwendete und schließlich einen passenden Felsbrocken wie ein Puzzleteil in die anwachsende Mauer setzte. Bei diesen Beobachtungen saß ich, meiner Erinnerung nach, häufig auf einem Stein unweit vom Geschehen, aber weit genug entfernt, um nicht von Steinsplittern, die manchmal beim Behauen der Natursteine wegspritzten, getroffen zu werden. Und, während ich so dem Huberseppl zusah, begann ich mit dem autodidaktischen Erlernen des Pfeifens. Das tat ich offensichtlich mit großer Hingabe und Ausdauer, denn meine Übungen gingen dem Seppl schon nach kurzer Anlernphase auf den Geist und er rief erzürnt: „Jetzt här a mal au!" Doch nach einiger Zeit vergaß ich wohl, wie meine Übungen beim Seppl angekommen waren oder das Vorankommen bei den Pfeiffertigkeiten war mir doch zu wichtig, denn alle großen Buben konnten pfeifen, und so begann das Spiel von vorne. „Jetz här a mal au!" oder „Härsche net ball au!" (Hörst du nicht bald auf!) Meinen Geschwistern und meiner Mutter blieben diese Szenen nicht verborgen und sie amüsierten sich über die geduldigen, eintönigen Aufhörbefehle unseres Maurers.

Dieser war ohnedies ein etwas sonderlicher Kauz, geistig etwas einfacher gestrickt und von den Dorfbewohnern nicht ganz ernst genommen. So mischte er sich, wenn wir Kinder im Winter zum Rodeln loszogen, unter unsere Schar, und stürzte mit uns die Hänge hinunter und später, als man von den Italienern gelernt hatte, wie man sich in der Sommerhitze mit einem Eis Kühlung in den oberen Verdauungswegen verschaffen konnte, fand man ihn häufig an einem Speiseeis schleckend auf Gasthausterrassen sitzen. Andere Erwachsene hätten sich dabei noch geschämt. Auch hatte er, wenn er bei anderen Leuten Maurerarbeiten durchführte oder den Gemüsegarten umstach, ganz feste Vorstellungen von dem, was für ihn zu den Mahlzeiten aufgetischt werden sollte: Kaffee mit harten Bauernbrotbrocken zum Einweichen als Frühstück und zur Halbmittag, um 9:00 Uhr, sollten es gekochte Kartoffeln mit Südtiroler Speck, ruhig ein bisschen fett, sein, und nicht Käse, wie er sagte, den sollte man sich lieber für den Freitag aufheben. Zum Mittagessen, um 12:00

Uhr, mussten es Speckknödel in nicht geringer Zahl mit Salat, nachmittags, zur Marende, um 16:00 Uhr, wieder Kaffee mit harten Bauernbrotbrocken sein und abends nach der obligatorischen Gerstensuppe, die geschmacklich meistens mit noch verwertbaren Überbleibseln vom Speck, wie Schwarten oder besonders fetten, manchmal aber auch schon ranzigen Teilen, aufgebessert wurde, erwartete er Bratkartoffel. Wurden ihm alternative Gerichte angeboten, dann drohte er, am nächsten Tag nicht mehr wieder zu kommen. „Morgen kimm i nimmer! Bei dehm (diesem) Essen, semm (dann) kann von mir aus ein anderer weitermauern!" waren seine beleidigten Worte.

In der Waschküche unseres Hauses wurden damals hin und wieder Hühner geschlachtet. Meine Mutter liebt Hühner über alles und so bestand sie darauf, dass ihr an der Ostseite unseres Hauses ein Hühnerstall mit eingezäuntem Auslauf für das Federvieh gebaut wurde. Zu wertvoll waren für uns die Eier, die wir täglich aus den Nestern holen konnten und die für viele leckere Speisen benötigt und so nicht erst gekauft werden mussten. Aus der Schar der Hühner landete dann so manche Henne, wenn sie, in die Jahre gekommen, nicht mehr genügend Eier legte, auf dem Hackklotz in dieser Waschküche, wo sie mit einem Beil enthauptet wurde, um anschließend als Suppenhuhn die letzte Verwertung zu finden. Das war natürlich ein Schauspiel, das nicht ohne Aufsehen und Lärm abging und das ich mir nicht entgehen lassen wollte. Manchmal verhielt sich das Huhn ganz ruhig, wenn es, an den Beinen festgehalten, mit dem Hals auf den Hackklotz gelegt wurde. Eines meiner älteren Geschwister konnte dann die Henkersaufgabe in Ruhe durchführen. Manchmal aber kam es zu verzweifelten Fluchtversuchen der Tiere, die sich, wild mit den Flügeln schlagend, befreiten und in der Waschküche dann nicht mehr so leicht und ohne viel Lärm und Aufwand eingefangen werden konnten. Auch wenn aber der Kopf bereits abgetrennt war, gaben die Hühner noch lange keine Ruhe. Sie wurden im Gegenteil erst richtig munter, schlugen mit den Flügeln, sprangen wild schlagend in der Waschküche herum, und das Blut aus ihrem Hals spritzte nur so durch die Luft, während der abgetrennte Kopf, am Boden liegend, den Eindruck erweckte, als sehe er dem Treiben seines eigenen Körpers teilnahmslos zu. Als das geköpfte Tier dann endlich nach ein paar Minuten kraftlos da lag, wurde es gleich der Federn entledigt, weil das Rupfen bei noch warmem Körper wesentlich leichter durchzuführen ist. Der Anblick einer dieser teilentfederten Hennen zwang mir damals die Frage auf: „Kannt men net die Hi-ehner beizeiten, beizeiten, nacket menander lafn lassn?" (Könnte man nicht die Hühner hin und wieder nackig herumlaufen lassen?) Diese Frage war von mir damals ernst gemeint. Sie drängte sich mir wohl auch irgendwie im Zusammenhang mit den Badevorgängen auf, die meine Mutter mit den kleinen Schwestern in der warmen Küche veranstaltete, bei der diese, nachdem sie aus der Badeschüssel gehoben und mit dem Handtuch trocken gerieben worden waren, kurz pudelnackig herumlaufen durften, was sie jedes Mal mit einer gewissen Freude wahrnahmen. Aber diese Idee mit den nackten Hühnern und vor allem wohl die von mir gewählte Formulierung klangen für meine älteren Geschwister und die Eltern recht lustig. So wurde meine „Idee" des Öfteren am gemeinsamen Essenstisch mit viel Gelächter zitiert.

Die Küche war der zentrale Punkt allen Geschehens im Haus, gleichzeitig Kinderzimmer, Wohnzimmer, Esszimmer, Waschraum und Arbeitszimmer. Sie hatte eine stattliche Größe und war vor allem der einzige Raum, der durch den Betrieb des Holzherdes beheizt war. Nach Eintritt durch die Tür ging man am etwa zweieinhalb Meter langen Holztisch vorbei direkt auf das Waschbecken zu, in dem nicht nur das Geschirr gewaschen sondern an dem, da es neben dem Wasserhahn in der Waschküche im Keller die einzige Möglichkeit darstellte, an Wasser zu gelangen, auch sämtliche Körperreinigungen vorgenommen wurden, die man damals für nötig erachtete. Links davon stand unter dem Fenster die Holztruhe, in der sich neben dem Brennholz auch einige Kienspäne zum Feuermachen befanden. Daraus wurde der große Holzherd, der die ganze linke, hintere Ecke der Küche ausfüllte, befeuert. Auf ihm konnten die verschiedensten Größen an Töpfen und Pfannen zum Kochen verwendet werden, indem die passende Anzahl an gusseisernen Ringen mit dem „Kochhakel", einer vorne krumm gebogenen Eisenstange, herausgehoben wurde. Dabei entstand ein Loch in der Herdplatte, in das das Kochgefäß gestellt und so dem direkt darunter lodernden Feuer ausgesetzt wurde. Die heißen Abgasleitungen wurden um ein kupfernes, etwa 10 Liter großes Wasserbehältnis, das „Wandel", geführt, sodass daraus das warme Wasser für das Waschen der Hände, des Gesichts, vor allem aber der abends erschöpften Füße entnommen werden konnte. Wenn man sich dann im Gegenuhrzeigersinn weiterdrehte, sah man ein in der Wand eingebautes Regal, das der Aufbewahrung des Essgeschirrs und des Bestecks diente. In diese Wand war außerdem noch eine mit einer Stahltür verschlossene Öffnung in Bodennähe eingelassen, die zum Befeuern des in der gegenüberliegenden, selten genutzten Stube stehenden Lehmofens diente. Dann folgte die Eckbank und oben in der Ecke hinterm Tisch das Kreuz, zu dem wir bei jedem Tischgebet vor und nach dem Essen aufschauten und beteten. Hinter der Eingangstür hing auf der linken Seite an der Wand ein kleines Weihwasserkrüglein, in das wir nach dem Aufstehen und vor dem Schlafengehen mit dem Zeigefinger eintauchten, anschließend mit dem so benetzten Finger drei Kreuze auf Stirn, Mund und Brust machten und „Gelobt sei Jesus Christus!" sagten, wie es uns die Mutter nachhaltig beigebracht hatte. Das Weihwasser für das Krüglein wurde aus dem Taufbecken in der Kirche entnommen.

Wie damals üblich und, da es zumindest bei uns noch keine Kühlschränke gab, schloss sich an der Nordseite der Küche die Speisekammer an, an deren Fenster ein feines Fliegengitter angebracht war und in der neben Mehl, Milch, Kartoffeln und weiteren Lebensmitteln auch die großen Teile des Kochgeschirrs aufbewahrt wurden. Das größte davon war unzweifelhaft die große, flache Muspfanne mit dem langen Stiel, die links hinter der Speisetür an der Wand hing. In ihr kochte uns die Mutter abends sehr häufig ein Mus, das sie aus Mehl, etwas Milch und Wasser fertigte. Bei diesem Kochvorgang blubberte es an der Oberfläche des Muses, wenn Mamma mit dem Umrühren absetzte. Ein Vorgang, dem ich gerne zusah und den ich viel später in der Natur an den heißen Schlammquellen im Yellowstone Nationalpark wiedergesehen habe. Beim Musessen saßen wir alle, einen Löffel in der Hand, am großen Küchentisch. Die große Muspfanne stellte die Mutter auf ein Holzbrett in die Mitte des Tisches und goss auf die Haut, die sich an der Oberfläche des Muses beim Abkühlen gebildet hatte, heißes Butterschmalz, um es anschließend dort vorsichtig mit einem Holzlöffel zu verteilen. Nach dem Tischgebet zögerten wir nicht lange und stürzten uns hungrig auf die Mahlzeit. Jeder musste auf seiner Seite bleiben, wenn wir mit dem Löffel uns vom Rand der Pfanne aus vorarbeiteten. Dabei achtete Mamma peinlich darauf, dass das noch flüssige, herrlich duftende Butterschmalz nicht einseitig auf eine Seite hinlief und wenn ja, verteilte sie es wieder. Das Beste am Mus war für uns aber der am Pfannenboden gebildete, deutlich festere, leicht gebräunte Belag, die „Musscharren", wie wir sie nannten. Diese musste man mit der Löffelkante scharrend abziehen, wobei er sich zu wohlschmeckenden Schnecken krümmte. Dabei kam es nicht selten zu Grenzstreitigkeiten zwischen den Tischnachbarn und die Mutter musste des Öfteren ermahnend eingreifen, wenn beim "Nachbargrundstück" gewildert wurde. Wenn Ermahnungen allein nicht halfen, lag meistens noch der abgeschleckte, hölzerne Kochlöffel für sie griffbereit am Tisch und es war in Anbetracht der sonstigen Geduld meiner Mutter erstaunlich, wie schnell man ihn bei unfairem Benehmen auf den Fingern zu spüren bekam.

Die Schlafzimmer in unserem Haus, und davon standen uns je nach dem Status der Untervermietung drei bis vier zur Verfügung, waren ausgestattet mit jeweils zwei Betten und einem kleinem Kleiderschrank. Im Elternschlafzimmer standen neben dem Ehebett kleine Nachtschränkchen und zusätzlich zum Kleiderschrank eine kleine Kommode. Über dem Ehebett war an der Wand ein großes Bild der Familie Jesu angebracht, auf dem mir Maria wegen ihres gütigen, mitleidigen Blickes auffiel. Vor allem aber ist mir Josef in Erinnerung geblieben, der als guter, braver Mann dargestellt war, mir aber mit seiner, über der Schulter getragenen Zimmermannsaxt etwas Angst einflößte. Die Betten in unseren Schlafzimmern bestanden aus einem Holzgestell mit Kopf-, Fuß- und Seitenteilen. Auf Querbrettern lag der so genannte Strohsack, ein aus Leintüchern (Bettlaken) von meiner Mutter zusammengenähter Sack in Bettgröße, der einmal jährlich, in der Regel nach dem Dreschvorgang beim Nachbarn, dem Traindler-Bauer, mit frischem Stroh gestopft wurde. So frisch bereitet, war diese Schlafvorrichtung in Verbindung mit dem Federbett recht angenehm, wenn man mal von den Stichen absah, die einem das frische, harte Roggenstroh selbst durch das Gewebe noch deutlich spüren ließ. Aber nach einer Weile wurde die isolierende Schicht Stroh immer dünner und ihre Verteilung trotz gelegentlichem Aufschütteln ungleichmäßig, so dass wir im Winter froh waren, das Bett mit einem Geschwister teilen zu dürfen und uns so, nachdem die kupferne Wärmflasche abgekühlt war, gegenseitig wärmen konnten. Auch kam es in solchen kalten Winternächten zu unwillkürlichem Zerren um genügend Bettdecke, ein Wettstreit, den immer derjenige von beiden gewann, der gerade mehr fror und mehr wach war als der andere. Am Morgen nach bitterkalten Nächten wurden wir mit wunderschönen Eisblumen am Fenster begrüßt, durch die sich die Strahlen der aufgehenden Sonne einen Weg an die weiße Wand über dem Bett bahnten.

Als kleiner Knirps durfte ich bei meiner ältesten Schwester Mena im Bett schlafen. Das empfand ich als sehr komfortabel, weil sie, um 12 Jahre älter, auf meinen kleinen Körper wohltuende Wärme abstrahlte. Doch dieser Zustand konnte natürlich nicht lange andauern und ich sollte dann das Bett von meinem 5 Jahre älteren Bruder erhalten, der gerade ausgezogen und bei einem Bauern als kleiner Helfer untergebracht worden war. Das führte zu heftigen Protesten meinerseits und, da mir keine anderen Argumente einfielen, beklagte ich mich flehentlich bei meiner Mutter und behauptete, dass dieses stinkende Bett des Bruders für mich nicht in Frage komme. „Des stinkete Bett tu-et net!" soll ich geklagt haben, was in unserer Kindersprache so viel heißen sollte wie: „In dem stinkenden Bett kann man nicht schlafen!" und die ältern Geschwister hatten wieder einmal ihren Spaß an meiner Formulierung einer widrigen Veränderung. Ja solche Episoden, die die Aufmerksamkeit bei den Ältern erweckten und die meine Person, wenn auch in etwas belächelnder Weise, in den Mittelpunkt stellten, habe ich mir gut merken können.

Von der Geburt meiner zwei Jahre jüngeren Schwester Elsa weiß ich verständlicherweise nichts mehr. Aber die Entbindung der nächsten, dreieinhalb Jahre jüngeren Schwester blieb mir nicht im Verborgenen. Da es anscheinend etwas war, was vor uns Kindern geheim gehalten werden sollte, war es etwas Besonderes und blieb mir so im Gedächtnis. Der ungewöhnliche Aufenthalt meiner Mutter im Ehebett wurde uns als Krankheit ausgegeben – sie war sonst nie krank – und als die Wehen vermutlich bereits heftig einsetzten, sagte die Hebamme zu Mena, sie möge doch mit uns Kleinen zum Pilze Suchen in den Wald gehen. Vermutlich war die Unruhe im Haus mit uns während der Geburt doch zu groß oder die Gefahr hätte gar bestanden, dass wir zufällig in das Schlafzimmer zur mit Wehen geplagten Mutter gerannt und mitbekommen hätten, wie die Geburt eines Kindes abläuft. Unterwegs zum Wald fragte uns Mena möglichst beiläufig, ob wir, wenn wir noch ein Kind dazu bekämen, uns ein Brüderlein oder Schwesterlein wünschen würden. Da kam in mir eine leise Vorahnung auf, dass da ein Zusammenhang mit dem seltsamen Verhalten im Hause vorher bestehen könnte. Ich hätte mir selbstverständlich ein Brüderchen gewünscht, mit dem man besser spielen konnte als mit den albernen und weinerlichen Mädchen. Lina, die um zwei Jahre ältere Schwester, hatte eine andere Meinung. Und so kamen wir, ob mit oder ohne Pilze im Körbchen, weiß ich nicht mehr, wieder nach Hause und fanden ein kleines Schwesterchen im kuscheligen Stubenwagen vor, der neben unserer Mamma, die im Bett lag, im Elternschlafzimmer stand. Es sollte auf den Namen Hildegard, also Hilde, getauft werden.

Von Kindergartenerlebnissen kann ich leider nichts berichten, weil es in Jenesien damals und auch etliche Jahre später noch keine Einrichtung dieser Art gab. Deshalb hatte ich viel Zeit, spielte mal im Garten oder mit den Nachbarkindern auf der Straße, oder besser gesagt, dem Fuhrweg, der an unserem Grundstück vorbei talabwärts nach Bozen führt und an dem entlang der Dorfbach floss. Dieser war besonders interessant nach starken Regenfällen, weil da die geführte Wassermenge und die Strömung deutlich zunahmen und wir mit dem Bau von kleinen Staudämmen, die wir mit Rasenstücken, Steinen und Ästen der Strömung entgegen bauten, und dem plötzlichen Öffnen derselben unseren Spaß hatten und voll Freude und Vergnügen mit der Flut nach unten rannten, bis sie allmählich verebbte. In diesem Dorfbach, der damals auch als Abwasserkanal diente, – an den

Schlachttagen des Dorfmetzgers führte er häufig mit Blut rot gefärbtes Wasser – haben wir uns vermutlich immer wieder die lästigen kleinen, dünnen Würmer geholt, die uns nicht nur ständig am Hintern juckten, sondern auch noch von unserer Mutter als Futterkonkurrenten angesehen wurden, die unsere ohnehin kargen Mahlzeiten dezimierten. Erst versuchte sie dieser Plage mit bewährten Hausmitteln Herr zu werden, als da waren: eine lauwarme, entsetzlich riechende und noch schlimmer schmeckende Knoblauchmilch, die durch Aufkochen zerkleinerter Knoblauchzehen bereitet wurde, oder, nachdem sich herausgestellt hatte, dass dieses Heilmittel anscheinend den Würmern besser bekam als es uns schmeckte, ein aus dem heimischen Wermutkraut gekochter, an Bitterkeit nicht zu überbietender Tee, den wir Kinder noch mehr hassten und kaum schlucken konnten. Als sich herausstellte, dass auch er nicht die gewünschte Wirkung zeigte, kaufte Mamma, als sie das nächste Mal mit der Seilbahn in die Stadt fuhr, in der Apotheke einen rötlichen, künstlich süß schmeckenden Sirup, dessen Einnahme wir eher akzeptieren konnten und uns von den ekelhaften, juckenden Parasiten im späten Verdauungstrakt aber auch von den nicht weniger gefürchteten, bitteren oder übel riechenden eigenen Rezepten befreite.

In einem Kellerraum hatte der Vater zeitweise – er wäre halt so gerne Bauer gewesen! – seine Freude mit einer Kuh, die für uns Milchlieferant war. Das für sie benötigte Heu wurde im Raum davor, also in der Waschküche gelagert. Die Kuh war an einem vom Vater gefertigten Holztrog mit einer Kette angebunden und, wie bei Rindern üblich, verschaffte sie sich häufig Juckreizlinderung, indem sie mit dem Hals am Futtertrog scharrte, ein Vorgang, der nicht ohne Kettenklirren und Gepolter ablief und der zu manchem Ärger mit den im Stockwerk darüber lebenden Untermietern führte. Diese waren ein kinderloses Ehepaar, er ein kleiner, kaum deutsch sprechender Italiener mit für uns Kindern etwas furchterregenden dunklen Augenbrauen und einem strengen Blick, sie eine ehemalige Klassenkameradin und Nachbarin meiner Mutter. Da es zu jener Zeit aber eine große Wohnungsnot in Südtirol gab, blieb den beiden nichts anderes übrig, als dieses geliebte Hobby meines Vaters mit den, besonders nachts, störenden Geräuschen aus dem Kuhkeller mit Groll und unter Protest zu ertragen.

Wir Kinder hatten ein sehr natürliches Verhältnis auch zu diesem großen Haustier und trauten uns sehr nahe an die Kuh heran, durften manchmal beim Striegeln etwas helfen oder beim Melken, Ausmisten und Einstreuen zuschauen. Dabei lernten wir relativ schnell, dass wir die hinteren Partien des Rindviehs besser meiden sollten, wollten wir nicht von den schmerzhaften Schlägen des Schwanzes erwischt werden, der zur Vertreibung der lästigen Stallfliegen fast ständig hin und her geschwungen wurde. Einmal kam es zu einem Zwischenfall. Meine um zwei Jahre ältere Schwester wurde von der Kuh mit den Hörnern am Röckchen erwischt und in die Luft geschleudert. Meine Mutter war in der Nähe, griff sofort ein, konnte das Mädchen aus der Gefahrenzone zerren und somit dem Schrecken ein Ende bereiten. Als das aber unser abends von der Holzarbeit aus dem Wald heimkehrender Vater erfuhr, packte ihn ein gewaltiger Zorn, der ihn sofort in den Kuhkeller führte, wo er mit dem Melkstuhl, einer einbeinigen, hölzernen Sitzvorrichtung für das Melken, schimpfend auf das Tier einschlug, bis die Mutter endlich um Gnade flehte und rief: „Jetzt här a mal au! Des arme Viech woaß ja net, warum du's a sou schlagsch! Es hat ja koan Verstand!" Hm, dachte ich mir, vielleicht doch. Es kann irgendwie denken, denn manchmal frisst die Kuh ein Kraut nicht, weil sie am Geruch oder dem Aussehen erkennen kann, dass es für sie schlecht verträglich oder gar giftig ist. Nur die jungen Kälber sind noch unvorsichtig dumm und fressen Kräuter, die sie nicht vertragen und von denen sie manchmal ganz fürchterlich die „Scheiß" (Durchfall) kriegen.

Unser Vater war während meiner Vorschulzeit fast täglich im "Holz", wie wir die Arbeit im Wald nannten, und musste, da der Weg nach Hause zu viel Zeit und Energie gekostet hätte, vor Ort mit Essen versorgt werden, denn etwas Warmes musste es mittags unbedingt sein. Das war eine Aufgabe für meine etwas älteren Geschwister, die ich auf diesen Wegen manchmal begleiten durfte. Eines Tages wurden wir so kurz nach elf mit einer Aluminiumkanne, die aus drei zusammensteckbaren Teilen und einem Deckel bestand, zum Vater in den Wald losgeschickt. Im untersten Teil des Gefäßes befand sich der Salat, in der Mitte die warme Knödelsuppe und im obersten die Speckknödel selbst. Seitwärts war das Besteck eingeklemmt. Die Stelle im Wald, in der sich der Vater gerade bei seiner Arbeit befand, war im Altenberg und nicht leicht zu finden. Wir mussten den Altenbach überqueren und, um nicht nasse Füße zu bekommen, versuchten wir über die Bachsteine hüpfend das andere Ufer zu erreichen. Dabei kam es zu einem peinlichen Missgeschick, als mein älterer Bruder Friedl auf einem dieser glitschigen Steine ausrutschte, seitwärts in den Bach fiel und die Essenskanne dabei aus der Hand fallen ließ, so dass die Knödel aus dem Aluminiumbehälter geschleudert wurden und im Bachwasser talabwärts trieben. Schnell rannte Lina am anderen Ufer dem schwimmenden Proviant hinterher, barg ihn und legte die nun im Gebirgsbach gewaschenen und gekühlten Knödel wieder in das vorgesehene Fach und ergänzte die verschüttete Knödelsuppe mit Flusswasser bis zur üblichen Höhe. Wir beschlossen, dem Vater nichts davon zu sagen. Der aber war doch erstaunt, dass die Knödel und die Knödelsuppe so kalt waren und nicht den gewohnten Geschmack besaßen und fragte nach der Arbeit abends bei der Mutter nach, wie sie denn heute gekocht hätte. Sie aber beteuerte, nicht anders als sonst auch bei der Zubereitung der

Speisen vorgegangen zu sein. So kam bald der Verdacht auf, dass wir etwas damit zu tun hatten. Einer von uns war dann doch dem Druck nicht gewachsen, wollte nicht weiter leugnen und erzählte, was geschehen war. So flog die Wahrheit auf. „Ess müesst halt aupassn, ben Essntrogn!" war die Schelte unserer Mutter, „'S Essen isch hart ze verdi-enen!"

Eines Abends im Winter kam unser Vater hinkend von der Waldarbeit nach Hause. Am rechten Unterschenkel war er notdürftig mit einem Lappen verbunden. Das Blut drang schon durch den Verband. Die Mutter erschrak und fragte: „Was isch denn lei passiert?" „I hon mir in den Stietz (Bein) g'kackt", sagte mein Vater und setzte sich in der Küche hin. Die Mutter holte sofort die Fußwaschschüssel, goss aus dem „Wandel" heißes Wasser hinein und verdünnte es mit kaltem Leitungswasser auf eine erträgliche, relativ warme Temperatur, die sie durch Eintauchen mit der Hand prüfte. Vater entledigte sich der Schuhe und der kleinen Leintücher, die in der kalten Jahreszeit gerne von ihm als Sockenersatz um die Füße gewickelt wurden, weil sie angeblich wärmer waren. Dann entfernte die Mutter vorsichtig den notdürftigen Verband, den er sich im Wald mithilfe seines Taschentuchs angelegt hatte, und legte die klaffende Wunde frei, die er sich beim Entasten eines Baumstammes mit der Axt zugefügt hatte. Das war ein schauerlicher Anblick. Die Mamma tupfte mit einem feuchten Lappen die lange Schnittwunde sauber und der Vater zog vor Schmerz die Luft zwischen Unterlippe und Zähnen pfeifend ein. Kaum war die Wunde sauber, hieß er mich, den Nachttopf zu nehmen, auf das „Häusel" (Klo) zu gehen und hinein zu pinkeln. Kinderurin sei ein altes, bewährtes Hausmittel der Holzfäller, führe zu schneller Abheilung von Wunden und verhindere Entzündungen. Die Mutter war von dieser Methode nicht so ganz überzeugt und die anwesenden älteren Geschwister, die alle zugesehen hatten, waren entsetzt und wandten ein, dass ihrer Meinung nach im Urin viele Bakterien seien und das könne doch nicht gut für eine Wunde sein. Da war der Vater dann zwar etwas beleidigt und sagte grimmig: „Die Holzhacker haben es frieher halt so g'macht und es hat allm (immer) g'holfn. Aber wenn ess (ihr) gscheider seid und allz (alles) besser wißt!" Er war dann aber doch damit einverstanden, dass die Wunde nicht mit meinem Urin sondern mit einer Wundsalbe und später dann mit Spitzwegerich-Blättern, auf die meine Mutter schwor, behandelt und verbunden wurde.

Eines Werktages nahm mich meine Schwester Mena mit nach Bozen, in die Stadt, wie wir sagten. Dazu begaben wir uns zur Bergstation der Schwebeseilbahn, die unser Dorf mit der Stadt verbindet. Neben dem Schalter, vor dem Zugang zur Gondel, an dem meine Schwester eine Hin-und Retour-Karte löste, war an die Wand ein Strich gemalt. Er legte die maximale Größe von Kindern fest, bis zu der sie unentgeltlich mit Erwachsenen mitfahren durften. Mena hatte mir schon vorher gesagt, ich solle mich dabei ja nicht strecken sondern eher klein machen und so passte ich gerade noch unter die Markierung. Dies stellte der Schaffner mit einem erst strengen, dann leicht lächelnden Blick fest und so war die Welt für meine Schwester in Ordnung und wir stiegen in die Gondel ein. Meine Angst und Befürchtung, dass das mir zu dünn erscheinende Tragseil unter der Last der großen Gondel und der Fahrgäste reißen könnte, ließ ich mir vor meiner Schwester nicht anmerken. Aber nach der Überfahrt über den letzten Tragpfeiler, wo die Fahrt sehr steil über eine abschüssige Porphyrwand nach unten in den Talkessel ging, hielt ich den Anblick der Tiefe nicht mehr aus und drehte meinen Kopf nach innen, wo mich der Anblick der anderen, relativ gelangweilten Passagiere in der Gondel etwas beruhigte.

Wie wir die Bozner Innenstadt erreichten, ob zu Fuß oder mit dem kleinen Zubringerbus, der „Sasa", wie man sie nannte, ist mir nicht mehr in Erinnerung geblieben. Die Stadt war für mich überwältigend. Wie konnten Menschen so viele Häuser errichtet haben und wie kann es so viele Geschäfte geben. Bei uns im Dorf gab es nur eines, den sogenannten „Laden". Ja und da gab es noch einen sehr kleinen, den wir nur das „Standl" nannten. Meine Schwester führte mich durch die Bozner Laubengasse voller schöner Geschäfte und plötzlich fiel ihr etwas ein, was sie in einem Geschäft, das hinter uns lag, vergessen hatte zu besorgen. Sie sagte eindringlich zu mir, ich solle mich nicht von der Stelle fortbewegen und auf sie warten, sie sei gleich wieder zurück. Ich wartete und schaute in ein Schaufenster, in dem unter anderem Taschenmesser ausgestellt waren. Das fand ich interessant und ich versuchte ein großes Exemplar mit vielen verschiedenen Klingen auch von der anderen Seite zu betrachten, und ging um die Ecke, vergaß, dass ich mich nicht hätte von der Stelle rühren sollen, und trieb im Handumdrehen im Gewühl der Bozner Innenstadt. Als mir meine missliche Lage bewusst wurde, versuchte ich an den Ort zurück zu gehen, an dem ich hätte warten sollen. Aber wo war der? In meiner Schüchternheit wollte ich möglichst nicht auffallen, denn die Sprache, die die meisten Leute da auf der Straße sprachen, verstand ich nicht. Generell hatte ich vor fremden Erwachsenen Angst, ich habe damals noch „gefremdelt". Also schloss ich mich dem Hauptstrom der Menschen an und wurde plötzlich von einer vertrauten Stimme von hinten angesprochen. Es war die meiner Schwester. Ich weiß nicht, wer von uns beiden sich mehr auf dieses Wiedersehen gefreut hat. Jedenfalls hat es mich gewundert, dass ihre Schelte ungewöhnlich mild ausfiel.

Meine größeren Geschwister, sofern sie zu Hause waren, bekamen vom Vater des Öfteren den Auftrag, Laub aus dem Wald zu holen. Ich glaube, es war Eschenlaub oder auch frisches Eichenlaub, das als Futter für unsere Kellerkuh verwendet werden konnte. Und so zogen wir eines Tages los, mein älterer Bruder, ein Nachbarsbub in seinem Alter, der uns bei dieser Arbeit helfen wollte, und ich kleiner Pimpf mit etwa 4 bis 5 Jahren. Die beiden Buben hatten beide einen großen, aus Weidenruten geflochtenen Tragekorb auf dem Rücken und mein Bruder trug die kleine Axt, die auf dem Rücken ein rundes Prägezeichen hatte, mit dem unser Vater, der ja damals noch Holzhändler war, üblicherweise die Baumstämme nach dem Vermessen markierte. Diesmal war das „Kühl-Brünnl" unser Ziel, eine Quelle mitten in einem lichten Wald, der zu bestimmten Jahreszeiten auch als Weide, „Ötz" genannt, für die Rinder, Haflingerpferde und Schafe genutzt wurde. Aus diesem Grund war bei dem Brünnlein ein kleiner Viehstall errichtet worden und vor diesem Stall wurde das Quellwasser aufgefangen und über eine selbst gefertigte Holzrinne in einen Holztrog geleitet, wo es für das Weidevieh als Tränke diente. Es war einer jener zahlreichen Tröge, die aus einem großen Baumstamm, meist einer starken Lärche, durch Aushöhlen von den Bauern selbst gefertigt wurden und als Auffanggefäße für Quellwässer dienten. Unterhalb dieses Wassertrogs wuchs im gut befeuchteten Boden ein Laubbaum, auf den mein Bruder kletterte und von dem er dann mit dem kleinen Beil Äste abhackte, die uns das gewünschte Laub durch Abstreifen liefern sollten. Ich sah bewundernd dem Treiben meines Bruders auf dem Baum von unten zu und fand mich urplötzlich am Wassertrog wieder, wo mein Bruder und sein Freund meinen Kopf und die Haare mit Wasser wuschen, um Blutspuren zu entfernen. Was war passiert?! Offensichtlich war meinem Bruder bei seiner Tätigkeit auf dem Baum das Beil aus der Hand geglitten und unglücklicher Weise ist es mir, der ich darunter stehend zugesehen hatte, auf den Kopf gefallen. Glück im Unglück, dass es mich offensichtlich nicht mit der scharfen Schneide, sondern entweder mit dem Holzschaft oder dem runden Prägezeichen am kleinen Kopf getroffen hat. Nachdem die Blutung am Kopf nachgelassen hatte, trocknete mein Bruder meine Haare mit seiner blauen Schürze, die wir und alle Buben und Männer im Dorf damals immer trugen. Dann machten wir uns mit den gefüllten Laubkörben auf den Heimweg. „Gell Karele, sagsch aber nicht dahoam ve deim Blut auf'm Kopf, sischt (sonst) „poggelt" (schimpft) die Mamme lei (nur)!" bläute mir mein Bruder ein und ich merkte, wie sehr ihm dieses Missgeschick leid tat.

Um unserem chronischen Holzmangel entgegen zu wirken, schickte uns die Mutter mit unseren großen, aus Weidenruten von einem Kleinbauern namens Bacherhansl geflochtenen Buckelkörben sehr oft in die umliegenden Wälder zum Sammeln von Föhrenzapfen oder von dürren Ästen, die der Wind von den Bäumen gerissen hatte. Das war damals ein sehr mühsames Unterfangen, weil in den Wäldern in Dorfnähe von anderen Familien mit ähnlichen Problemen alles leergefegt war. Da schätzten wir uns glücklich, manchmal ein vergessenes, dürres Bäumchen zu entdecken, das dann erst durch Umknicken gefällt und anschließend durch Einklemmen zwischen zwei eng beieinander stehenden Bäumen und unseren Druck und Zug mit den Händen in etwa auf Scheitlänge verkürzt wurde. So beschleunigten wir ein wenig das Füllen der uns endlos groß erscheinenden Körbe und konnten dann den Heimweg antreten. Dieser gestaltete sich besonders im Sommer beschwerlich, wenn wir aus dem Wald unterhalb unseres Hauses in der heißen Sonne nach oben laufen mussten. Wir kleinen Vorschulkinder mussten zwar keine Last dabei tragen, hatten aber mit dem Weg schon Last genug. Doch endlich daheim, freuten wir uns auf das Lob unserer Mutter, wenn sie ein gutes Stück Holz in unserem Buckelkorb entdeckte, und natürlich auf einen guten Schluck Holundersaft, den meine Mutter im Frühsommer aus Holunderblüten, Zucker und viel Wasser durch Stehenlassen in einem großen, mit einem Tuch abgedeckten Eimer auf dem sonnigen Balkon angesetzt hatte.

In einem dieser nahegelegenen Wälder trafen wir uns öfters in der warmen Jahreszeit mit den Nachbarkindern, um zu spielen. Hatte es kurz vorher geregnet, dann war das Schneckenwettrennen unser beliebtestes Spiel. Dazu suchte sich jeder eine Weinbergschnecke. Die kleinen, gestreiften, oder gar Schnecken ohne Gehäuse wurden zum Rennen nicht zugelassen. Dann stellte jeder der Teilnehmer sein Tierchen in einer Linie auf einen glatten, großen Felsen. Auf der anderen Seite des relativ flachen Felsens hatten wir mit einem morschen Ästchen eine Ziellinie gemalt. Dann ging das Rennen los. Wer die Schnecke beim Sammeln und beim Start nicht vorsichtig genug behandelt hatte, der musste nun lange darauf warten, bis sie sich wieder vorsichtig aus ihrem Haus schob und ins Rennen eingriff. Auf dem Weg zur Zielgeraden waren diese Tierchen aber nicht besonders zielstrebig und bogen häufig ab. In diesem Fall war es erlaubt, die Schnecke vorsichtig hochzuheben und in die richtige Richtung zu drehen. Allerdings war dabei nie zu vermeiden, dass sie sich ins Haus zurückzog und nur langsam wieder herauskam und los kroch, was dann wieder einen erheblichen zeitlichen Rückstand bedeutete. Ein weiterer Wettbewerb war das „Tattermandlkraxeln", ein Kletterwettbewerb, der mit Feuersalamandern, den „Tattermandeln", ausgetragen wurde. Dazu setzte jeder seinen Salamander an den Fuß eines schräg nach oben verlaufenden Felsens so auf, dass er zumindest seine ersten Schritte felsaufwärts machen musste. Der Besitzer des Reptils, das dabei die größte Höhe erreichte, wurde dann zum Sieger ernannt. Dieser Wettbewerb war natürlich auch auf einen vorherigen Regen angewiesen, denn nur bei feuchter Witterung fanden wir genügend Feuersalamander für den spannenden Kletterwettkampf.

Waren weder Schnecken noch Salamander zu finden – und das war die häufigste Situation im sonnigen Jenesien – dann spielten wir "Bauern". Dazu bauten wir uns jeder auf dem Waldboden ein kleines Bauernhaus aus seitlichen Steinmäuerchen und einen Stall aus dürren, in die Erde gedrückten Ästchen mit kleinen Querbalken, auf die dann weitere kleine Zweige und Moos als Dachbelag gelegt wurden. Das war das gewöhnliche grüne Moos unserer Wälder, das fast auf jeder feuchten Nordseite von Baumstämmen und Felsen anzutreffen war, nicht zu verwechseln mit dem selteneren, weißen Isländischen Moos, das uns als Währung diente, wenn wir Markttag hielten. Als Kühe und Kälber verwendeten wir die Föhrenzapfen, und die großen Fichtenzapfen stellten unsere Pferde dar. Diese Fichtenzapfen waren in dem Wald, der unser Spielplatz war, selten zu finden, da dort auf dem steinigen und felsigen Boden fast nur Föhren gediehen. Geschlossene Föhrenzapfen hingegen waren unsere Schafe. Entsprechende kleinere Exemplare stellten unsere Jungtiere wie Kälber und Lämmer dar. Das eigene Anwesen wurde fein säuberlich mit Ästchen begrenzt und die Wiesen und Äcker entsprechend durch Glätten oder Aufrauen des Waldbodens erzeugt. Waren alle Gehöfte fertig, dann wurde Markt abgehalten. Dabei wurde munter nach Art der Erwachsenen um die Preise gefeilscht und vor allem Viehhandel betrieben. Meist kam es zu komplizierten Tauschaktionen, wobei eine Kuh gegen ein Pferd und ein gewisses Quantum an Geld, also Isländischem Moos, getauscht wurde. Manch einer war stolzer Besitzer eines so schönen Pferdes, dass er nicht bereit war, es selbst gegen drei Kühe zu tauschen.

Während unserer ausgiebigen Spiele im Wald oder der Lichtung davor schwebte des Öfteren die Seilbahn über unseren Köpfen hinweg. Wenn sie von Bozen nach Jenesien unterwegs war, fuhr sie mit deutlich verlangsamter Geschwindigkeit über uns in die nahe gelegene Bergstation ein. Da hörten wir einige Male italienische Frauenstimmen aus den geöffneten Fenstern der Gondel erstaunt rufen: „Ma guardate che biondi bambini!" (Schaut, welch blonde Kinder!). Wir waren damals wirklich blond, meine beiden Vettern und ich. Ganz besonders hellblonde Haare hatte der jüngere der beiden Cousins.

In den Ferienmonaten kamen Kinder von "Sommerfrischlern" dazu. Das waren die Kinder von Bozner Eltern, die in der heißen Jahreszeit aus dem Dunst des Bozner Talkessels flohen und auf dem etwa 800m höher gelegenen Ritten oder bei uns in Jenesien eine wesentlich angenehmere Temperatur in den Sommertagen und -nächten genossen. Dazu mieteten sich die Bozner Familien für ein, zwei Monate meist bei Bauern ein, wobei der Vater in der Regel in Bozen blieb, wochentags seinen Geschäften nachging und nur am Wochenende nachkam. Diese Kinder hatten ein anderes Benehmen: sie waren viel frecher und schlagfertiger als wir, sie konnten sich von ihrer Mutter wünschen, was sie mittags oder abends essen wollten, und hatten andere Kleider an, nicht so selbstgeschneiderte wie wir. Bei diesen Kindern habe ich zum ersten Mal eine Banane gesehen und den köstlichen Duft dieser reifen Frucht gerochen. Für eine Kostprobe hat deren Vorrat und Freigiebigkeit aber leider nicht gereicht. Mit diesen Sommerfrischlern haben wir häufig „Versteckeles" oder „Räuber und Chandarm" gespielt, zumindest die Knaben unter uns, während die Mädchen lieber auf am Erdboden mit Steinen oder Holzstöcken gezeichneten Karomustern „Himmel-Höll-Fegfeuer" hüpften.

Ein Waldstück, das wir gerne aufsuchten, sei es um Pilze zu suchen, Holz zu sammeln oder auch Erdbeeren und Himbeeren zu naschen, war das flache "Kreuzweger-Waldele" (Wäldchen) etwas unterhalb unseres Hauses. Als wir einmal nichts ahnend durch das Wäldchen streiften, erhob sich etwa 50 Meter vor uns, hinter einem Baumstumpf ein Mann in Hektik, zog in Eile seine Hose hoch und machte sich aus dem Staub. Als wir näher an die besagte Stelle kamen, mussten wir mit unserer Nase vernehmen, was er da gemacht hatte. Meine Geschwister hatten den Mann erkannt, nannten seinen Namen und lachten darüber. Für mich Jüngsten war dieser Vorfall aber doch recht aufregend und so erzählte ich ihn daheim meiner Mutter: „Der Bader Karl isch vor ins gschissn!" Und die anderen hatten wieder einmal für längere Zeit ihren Spaß mit dem, was ich da von mir gegeben hatte.

In der Senke vor diesem Wald liegt ein kleiner Weiher, der Kreuzweger-Weiher genannt. Naturgemäß gibt es nicht viele stehende Gewässer auf den Unebenheiten des Tschöggelbergs, jenes Bergrückens, der sich zwischen Bozen und Meran erhebt und auf dem meine Heimatgemeinde liegt. Deshalb übte dieser Weiher für uns einen magischen Reiz aus. Im Winter, wenn er zugefroren war, ganz besonders! Dann suchten wir uns eine Stelle aus, auf der kein Schilf durch die Eisdecke drang, und gingen „schleifen", so nannten wir das Rutschen über die Eisoberfläche nach einem kurzen Anlauf auf dem flachen Wiesenufer. Dabei ging es natürlich darum, wer die weiteste Strecke übers Eis rutschen, wer dabei sich noch drehen oder hüpfen konnte. Gegen meinen älteren Bruder und seinen Nachbarskollegen hatte ich keine Chance, aber die ältere Schwester konnte ich klar übertreffen. Hin und wieder knackste es ganz gewaltig unter unseren Füssen und man konnte dem eigenartig klingenden Geräusch, das sich bei der Bildung eines feinen Eisspaltes über die Weheroberfläche wie ein Blitz in Zeitlupe in eine Richtung ausbreitete, folgen. Danach konnten wir den in der schrägen Wintersonne in den Spektralfarben rot, grün und blau schillernden Riss im Eis, der sich über den ganzen Weiher schlängelte, bewundern und dabei die Eisdicke abschätzen.

Im Sommer war dieses Gewässer mir ein wenig unheimlich, weil die älteren Geschwister erzählten, dass es dort viele giftige Wasserschlangen gebe. Und tatsächlich, wir, mein älterer Bruder, seine beiden, etwa gleichaltrigen Nachbarskollegen, meine ältere Schwester und ich waren wieder mal am Weiherdamm, da schlängelte sich eine lange Schlange vom Ufer aus auf der Wasseroberfläche in Richtung Weihermitte, offenbar in Flucht vor uns. Einer der beiden Nachbarsburschen, der Seppl, zog sich kurzentschlossen die Sandalen aus und die Hose hoch, nahm einen Stock und sprang in den Weiher, in dem er gerade noch stehen konnte, verfolgte das Reptil, stach mit dem Stock unter die Schlange und warf sie in hohem Bogen durch die Luft zu uns auf das Ufer. Ein Glück, dass niemand von uns von der fliegenden Schlange getroffen wurde. Am Boden angekommen wurde sofort auf die Schlange von den beiden anderen Jungs mit Stöcken eingedroschen, bis sie annahmen, dass sie tot war. Sie bewegte sich aber immer noch, allerdings nicht mehr in gezielten Schlingerbewegungen um zu fliehen, sondern es war eher ein unkontrolliertes Zucken. „Jetzt geischtert sie aus" sagten sie. „Aus der machen wir eine schi-ene Rosenkranz-Kette!" sagte einer der drei und sie trugen die erschlagene, noch ausgeisternde Schlange in den Wald und legten sie auf einen Ameisenhaufen. Einer von ihnen hatte nämlich von den Erwachsenen gehört, dass die Ameisen die Wirbel der Schlange sauber freilegen würden und diese dann nur noch auf einer Schnur eingefädelt werden müssten und fertig sei eine wunderbare Rosenkranz-Kette. Als wir aber an einem der nächsten Tage nach unseren „Betengrallen" – so wurden die einzelnen Glieder der Rosenkranzkette genannt – schauen wollten, mussten wir feststellen, dass keine Spur mehr von der Schlange auf dem Ameisenhaufen zu finden war. Vielleicht hatte ein Marder oder Fuchs den Braten gerochen und ihn den fleißigen Waldameisen abgeluchst. Dem Seppl hat seine Aktion im Weiher natürlich den größten Respekt eingebracht: „Der hat schu (schon) vor gor nicht angscht! Des isch schun a Hund!" sagte mein Bruder bewundernd.

Ein anderes Mal war neben den eben erwähnten Burschen auch ein weiterer älterer Bruder mit zum Weiher gegangen. Diesmal – es herrschte eine drückende Sommerhitze – wollten die Jungs wohl ein wenig darin schwimmen. Wenn wir beim Anmarsch zum Wasser kräftig mit den Füßen auftreten würden, verzögen sich die Schlangen aus Furcht, zertreten zu werden, sagten sie mir beruhigend, als ich meine Angst vor den vielen Schlangen mitteilte. Dieses Verfahren scheint Wirkung gehabt zu haben, denn bald waren wir uns sicher, dass keine mehr in unserer Nähe war. Das Wasser war angenehm warm und so stiegen sie nach und nach, nur in Unterhosen bekleidet, in den Weiher, konnten an den meisten Stellen mindestens mit dem Kopf noch rausschauen und versuchten es mit ersten Schwimmübungen. „Am schnellsten kann men das Schwimmen lärnen, wenn men ins tiefe Wasser gworfn werd!" sagte einer von den Jungs, das sehe man ja bei den Hunden und Katzen, die nicht ertrinken, wenn man sie ins Wasser werfe. Und während sie sich über dieses Thema unterhielten, näherten sie sich mir, der ich wasserscheu am Ufer deren Treiben zugesehen hatte. Einer packte mich an den Händen, der andere an den Füßen, sie schwangen mich hin und her und schleuderten mich, ehe ich noch richtig Luft zum Schreien holen konnte, in den Weiher. Ich schlug mit allen Vieren um mich, sobald ich mich im Wasser wiederfand, bangte um mein Leben und schrie, denn im Gegensatz zu ihnen reichte meine Körperlänge nicht aus, um auf dem schlammigen Boden stehen und den Mund über Wasser halten zu können. Aber in dieser Panik konnte ich dies auch gar nicht austesten. Einer meiner Brüder erlöste mich endlich und nahm mich Bibbernden huckepack ans Ufer und sagte: „Sigsche (siehst du), es isch dir nicht passiert!" Auf mich allerdings hatte dieses Erlebnis einen bleibenden Eindruck hinterlassen, denn bis heute habe ich keinen großen Gefallen am Schwimmen und schon gar nicht am Tauchen mehr finden können.

Doch nicht immer waren wir untertags im Freien. Besonders an Regentagen hielten wir uns manchmal im Haus auf. Die älteren Geschwister hatten sich ein Mühlespiel auf einen Schuhkartondeckel gemalt und aus dem Nähkasten der Mutter neun schwarze und neun weiße Knöpfe ausgesucht. Dann setzten sie abwechselnd die Steine und zogen sie so, dass sie möglichst eine Mühle, das heißt drei Steine in eine Reihe, errichten und beim Schließen derselben dem Gegner einen Knopf abnehmen konnten. Das ging dann so lange, bis einer der Kontrahenten entweder von den gegnerischen Steinen eingesperrt keinen Zug mehr machen konnte oder so viel Material verloren hatte, dass er chancenlos aufgeben musste.

Ein weiteres Spiel, in dem man sich gerne mal maß, war das Dame-Brettspiel. Hier kam es aber immer wieder zu Reibereien und beleidigtem Aufhören, weil die Regeln am Ende des Spiels, wenn die Damen weit übers Feld springen dürfen, nicht ganz klar waren.

Unsere Mutter ist als jüngstes von 9 Kindern im Krankenhaus in Bozen zur Welt gekommen. Das war zu unserer Zeit und schon erst recht um 1913, ihrem Geburtsjahr, äußerst ungewöhnlich und allein dem Umstand zu verdanken, dass es bei der geplanten Hausgeburt für die Hebamme unlösbare Probleme gegeben hatte. Ja selbst die Ärzte im Krankenhaus waren nach Einlieferung der Wöchnerin ratlos, hatten das Kind schon aufgegeben und versuchten das Leben der Großmutter wenigstens zu retten, indem sie das noch ungeborene, bereits tot geglaubte Kind, das offensichtlich eine Querlage einnahm, gewaltsam am linken Arm packten und es so ans Tageslicht zogen. Doch kaum auf der Welt fing das kleine Neugeborene an zu schreien und es war gesund! An solch seidenen Fäden hängt unser Schicksal! Durch die unsanfte Behandlung blieb allerdings eine starke Behinderung am linken Arm für meine Mamma ein Leben lang erhalten. Sie kann ihn nur ein kleines Stück heben. Aus diesem Grund war sie für die schwere Arbeit auf den Feldern und im Stall nicht so gut geeignet, wie ihre Eltern glaubten, und sollte deshalb das Nähen lernen. Kurz nach Ende ihrer Schulzeit, mit vierzehn Jahren, wurde sie also zu einer Nachbarin, die dieses Handwerk gelernt hatte, in die Lehre geschickt. Dieser Umstand kam unserer Familie sehr zu Gute. Sie konnte auf ihrer Pfaff-Nähmaschine, die sie mit in die Ehe brachte, angefangen von der Unterwäsche bis zu den Hemden alles nähen und verwertete dabei teilweise verschlissene Bettlaken, aus denen sie mithilfe der noch brauchbaren Stücke Kleidungsstücke fertigte. Dabei hielt sie sich immer in der Stube auf. Mich interessierte diese Tätigkeit besonders im Hinblick auf die Maschine, die die Mutter mit einer Fußwippe antrieb, worauf unterhalb eines Metallrads die Nadel rauf und runter stach, wobei meine Mutter die Stoffteile übereinander legte und hineinschob, drehte und dann wieder glatt strich. „Karele, bleib lei a moll a wia do be mir, wir müessn a bißl über den Katechismus reden!" sagte sie zu mir. Und sie erzählte mir die Geschichte vom Verlorenen Sohn, vom Auszug aus Ägypten und wie dem Moses von Gott auf dem Berg Sinai die Zehn Gebote auf eine Steintafel geschrieben wurden. Die sprach sie mir vor, ich sollte sie mir merken und sie fragte sie danach ab. Das war mir dann etwas lästig und ich versuchte mit allerhand Ausreden, die Stube zu verlassen, um wieder unbeschwert spielen zu können. Aber die Mamma blieb hart und erst als ich einige der Zehn Gebote aufsagen konnte, ließ sie mich gehen. „Sigsche (siehst du), jetzt hast du eppes (etwas) Guets glernt!" und „Religion braucht men im Leben" sagte sie, während ich erleichtert durch den Hausflur nach außen ins Freie ging und mir schwor, mich nicht mehr so schnell für die Nähmaschine zu interessieren.

Meine Familie im Jahre 1959 anlässlich der Hochzeit der ältesten Schwester Filomena. Ich sollte mich zu diesem Fototermin so vor Hans stellen, dass sein linkes Gipsbein nicht zu sehen war. Dabei vergaß man, mir die Hochzeitsnelke abzunehmen

2. Volksschulzeit

Jenesien ist eine Gemeinde im Herzen Südtirols mit etwa 2.800 Einwohnern. Warum die Gemeinde diesen seltsamen, nach fremden Ländern klingenden Namen und nicht den meiner Meinung nach viel zünftigeren und schöneren Namen „Nesing" hat, wie es von der einheimischen Bevölkerung bezeichnet wird, weiß ich nicht. Das Dorf liegt auf einer Meereshöhe von 1100 m am Fuße des Saltens, am Südhang des Tschögglbergs und in direkter nördlicher Nachbarschaft von Bozen. Zwischen Bozen und Jenesien gibt es neben einer Straßen- auch eine Seilbahnverbindung. Der bis zum Bau der neuen Straße in den 1980er Jahren vorherrschende Charakter eines Bergdorfes ging im Laufe der Zeit verloren. Durch den Ort verläuft der europäische Fernwanderweg E5. Der Ort besteht aus dem Hauptort Jenesien sowie den vier Ortsteilen (Fraktionen) Afing, Flaas, Glaning und Nobls.

Der kleine Bauernhof Schnafing, unterhalb der Ortschaft Afing in der Sarner Schlucht gelegen, etwa im Jahre 2000 fotografiert.

In Afing gibt es einen entlegenen Bauernhof namens Schnafing, was mit großer Wahrscheinlichkeit wohl die schlampige

Aussprache von Schönafing bedeutet, und einen weiteren in direkter Nachbarschaft, namens Hinterschnafing, der aber verlassen und fast gänzlich verfallen ist. Beide Gehöfte liegen am Hang in Talnähe zur Talfer (Fluss des Sarntals) im Schutze eines markanten Kofels aus Porphyr.

Hier dürfte der Ursprung unseres Familiennamens Schönafinger liegen. Ich habe den Namen in den Taufbüchern der Pfarrei Jenesien zurückverfolgt bis in die Mitte des 19ten Jahrhunderts. Damals war nur noch eine Magd in der Fraktion Glaning mit diesem Namen registriert. Sie blieb ledig, wurde aber schwanger von einem Mann, dessen Name im Taufbuch wohl vermerkt ist, den mir aber der Pfarrer, etwas geheimnisvoll, verschwieg. Sie bekam einen unehelichen Sohn, dem sie wohl nicht die wärmsten Muttergefühle entgegenbrachte und ihn verächtlich Zipfel nannte.

Dieser Opa war den Erzählungen meiner Tante Mena nach manchmal ein sehr "zuwiderer" Mensch. Wenn ihm seine Frau, eine „Krautwalsche" (so nennt man in unserem Dialekt eine Kauderwelsche) aus dem ladinisch sprechenden Buchenstein, den Kaffee servierte, soll er sie gefragt haben, ob sie zuerst die Milch oder den Kaffee in die große Tasse gegeben hätte. Egal, wie die Antwort dann ausgefallen sei, habe er ihr dann den Vorwurf gemacht, dass sie es falsch gemacht hätte und dass der Kaffee deswegen nicht schmecke.

Jenesien im Jahr 1955 von meinem Schulweg aus, ungefähr 50 m vor unserem Haus, fotografiert. Gut zu erkennen sind die große Holzrinne des Dorfbachs, das grobe Straßenpflaster, die damals noch sehr häufigen Speltenzäune, das Schneiderbauer Haus links unten und die Widumsäcker links in der Mitte.

Von seinen drei Söhnen fiel einer, der Sepp, meines Wissens im Abessinienkrieg, wie mir meine Tante erzählte. Diesen Krieg hatte Mussolini 1935 noch vor dem zweiten Weltkrieg in Afrika angezettelt, um ein neues großrömisches Reich zu gründen. In ihm schickte der Duce viele Südtiroler Soldaten an die vorderste Front. Am Kriegerdenkmal im Friedhof ist er allerdings unter den Vermissten des 2. Weltkriegs aufgeführt.

Jenesien im Jahre 2008 ziemlich genau vom selben Standpunkt wie beim alten Foto auf der linken Seite aus fotografiert. Hinten links erkennt man Teile der Neubausiedlung. Den Blick zum dominanten Gemeindehaus verstellt ein Neubau im Vordergrund. Bildstock und Birnbaum musste, wie vieles Andere, dem Fortschritt weichen.

Der älteste Sohn hieß Anton, Toni, der zweitälteste Alois, Luis, war mein Vater. Beide hatten und haben mehrere Söhne, die den Fortbestand des Namens sicherstellen. Interessanterweise werden heute noch sämtliche Nachkommen meines Großvaters im Dorf mit Zipfel gerufen, trotz der inzwischen stattlichen Anzahl, und der vielen Häuser und Wohnungen von Schönafingers in der Gemeinde. So hießen zeitweise drei oder gar vier Männer gleichzeitig Zipfelluis, mein Vater, mein Bruder, mein Cousin und der Sohn eines Cousins. Wenn in der Wirtschaft vom Zipfelluis die Rede war, folgte also meist spontan die Frage: „Wöllener?" (Welcher?). „I moan in Luis, in Bu-e ven Zipfelluis, net den ven jungen Zipfeltoni", musste dann erläutert werden.

Man kann gespannt sein, ob sich dieser Sippenname im dörflichen Alltag auch noch weiter auf unsere Kinder und Enkel übertragen wird, wahrscheinlich aber wohl nicht, da die inzwischen auf eine stattliche Größe angewachsene Zahl der Schönafingers diese einheitliche Bezeichnung mehr und mehr erschweren wird.

Als ich im Herbst 1955 eingeschult wurde, war Jenesien ein etwa 1200 Einwohner zählendes, weit über den Tschöggelberg verstreutes, rein bäuerlich geprägtes Bergdorf, so wie es auf dem ersten der beiden Bilder gezeigt wird. Die Leute im Dorf duzten sich alle wie in einer großen Familie. Nur der Herr Lehrer oder der Hochwürden Pfarrer wurde mit Sie angesprochen. Erwähnenswert aber ist die damals und auch heute noch vereinzelt gebräuchliche Sitte, nach der die Kinder die eigenen Eltern in der Höflichkeitsform „Ihr" ansprechen, sie also nicht siezen, wohl aber „ihren". So fragten wir unsere Mutter beispielsweise: „Mamme, bringt Ess (Ihr) ins (uns) wieder Zuckerler (Bonbons) ve der Stadt mit?"
Der Weg nach Bozen war größtenteils mit großen Natursteinen gepflastert, zum Teil sehr steil und nur von Pferde- und Ochsenfuhrwerken befahrbar. Der Personenverkehr nach Bozen wurde mit einer Seilbahn bewerkstelligt, die morgens und abends etwa drei Gondeln voll (etwa 60 Personen) Berufspendler und sonst stündlich die Leute beförderte, die in der Stadt etwas zu besorgen hatten oder die von der Stadt vor allem sonntags in die dörfliche Idylle zum Wandern kamen und dabei die reine, frischere Luft in der Höhe genossen. Der Materialtransport wurde wegen des schwierigen Geländes größtenteils ebenfalls noch von einer Materialseilbahn erledigt, die erst so gegen 1970 stillgelegt und abgerissen wurde, nachdem der Weg nach Bozen zu einer steilen schmalen Straße geteert oder betoniert und nun von Kleinlastern, wenn auch etwas abenteuerlich, befahren werden konnte. Im Herbst 1955 gab es also noch kein Auto

im Dorf, auch waren damals praktisch noch keine mit Motorkraft betriebenen Maschinen auf den Höfen und Feldern zu hören. Es herrschte noch ein Zustand, der dem vorindustriellen Zeitalter nahe kam.

Freust du dich schon auf die Schule?" war die häufigste Frage, die mir kurz vor meiner Einschulung immer wieder gestellt wurde. Ich konnte und wollte darauf keine rechte Antwort geben, weil ich mir die Zeit im Klassenzimmer nicht vorstellen konnte. Dass die Schule aber etwas Ernstes war, wurde mir mehrmals während des letzten, vergangenen Schuljahres deutlich, als meine Geschwister Zeugnisse zum Unterschreiben mit nach Hause brachten. Meine Mutter sprach dann mit ihnen über die schulischen Leistungen. Zu Vorwürfen kam es dabei nur, wenn die Noten ungenügend waren. Wenn sie gerade noch ausreichend waren, also mindestens eine Sechs, sagte sie: „Hauptsoch, koane Fünf, und du bleibsch net huckn!" Zu den allerheftigsten Vorwürfen, ja ich glaube mich sogar an Schläge zu erinnern, kam es aber, als mein Bruder eine Fünf in dem für sie so wichtigen Fach Religion vorzeigen musste.

Die Notengebung in den Schulen reichte damals von Fünf bis Zehn, wobei die Zehn einer Eins und die Fünf einer Fünf im deutschen Notensystem entspricht. Nach unten machten aber besonders strenge Lehrer bei der Fünf noch nicht halt, sondern vergaben schon auch mal eine Vier oder gar eine Drei, wenn die Leistungen besonders schlecht waren.

Ausgerüstet mit einer schon recht ramponierten Griffelschachtel, die vorher eines meiner Geschwister bis zur Ausschulung mit 14 Jahren benutzt hatte, einem liniierten Schreibheft, einem karierten Rechenheft und einem Rucksack, keinem so modischen „Ruckkasten", wie ihn die Eltern heutzutage ihren Erstklässlern teuer erstehen, sondern einem richtigen kleinen Kinderrucksack aus dem typischen, unverwüstlichen, grüngrauen Stoff, der auch für die Erwachsenenrucksäcke verwendet wurde, trottete ich mit meiner Schwester Lina ins Dorf zur Einschulung. Dort wurden wir Erstklässler von einer Lehrerin am Eingang der Schule empfangen. Nachdem sie sich sicher war, dass alle Neuen da waren, führte sie uns in ein Klassenzimmer. In dem mir riesig erscheinenden Raum befand sich vorne ein großer Schreibtisch und rechts daneben eine dunkle Tafel an der Wand. Im hinteren Teil des Zimmers waren die Schulbänke aufgereiht. Die Frau Lehrerin wies jedem von uns einen Platz zu. Nachdem sich alle hingesetzt hatten, erklärte sie uns, wie man zu sitzen habe, nämlich aufrecht und mit den Händen am Rücken, damit man keinen Buckel bekäme. Man solle ja immer brav aufpassen und mitmachen, dann werde man auch alles verstehen und gute Noten kriegen. Dann übte sie mit uns die Begrüßung der Lehrpersonen: „Guten Morgen, Fräulein Lehrerin!" oder: „Guten Morgen, Herr Lehrer!" sollten wir unisono sagen, nachdem die oder der Betreffende den Schreibtisch erreicht hatte. Dazu hatten wir uns stramm mit anliegenden Armen neben unsere Bank zu stellen und anschließend zu warten, bis der Lehrer uns das Kommando zum Sitzen erteilte.

Nach einiger Zeit klingelte eine Glocke durch das Schulgebäude und ein zunehmender Lärmpegel von Kinderstimmen drang ins Klassenzimmer ein. Die Lehrerin sagte, dass nun Pause sei, und dass wir, wenn es wieder klingele, sofort ins Klassenzimmer zurückkommen sollten. Während dieser ersten Pause verspürte ich ein ganz dringendes, kleines Bedürfnis und wusste nicht, wo man dieses erledigen konnte. Ich zappelte die Innentreppe hoch, wagte aber nicht, eines der anderen Kinder oder gar eine Lehrperson nach dem Örtchen zu fragen oder einfach eine Tür zu öffnen, in der Hoffnung, dahinter ein WC zu finden. Und so kam es, wie es nicht mehr aufzuhalten war. Beim Klingelton drückte ich mich dann mit nassen Hosenbeinen an den anderen Kindern vorbei verschämt in meine Bank, auf baldige Trocknung meiner Kleidung und darauf hoffend, dass es von niemand bemerkt wurde. Daheim erzählte ich es dann mit einem peinlichen Gefühl meiner Mutter. Sie sagte mir daraufhin ruhig und mit fester Stimme, dass in dem Schulgebäude schon eine Toilette sei, wahrscheinlich sogar mehrere, ich solle die anderen am nächsten Tag nur danach fragen. „Und jetzt legsch du dir eppes (etwas) Frisches un, was du un hascht, tien mer waschn" sagte die Mutter und wir gingen wieder zur Tagesordnung über.

An den Schulalltag habe ich mich dann schnell gewöhnt. Es war ja auch eine schöne Zeit, besonders in den Pausen auf dem Schulhof, teilweise aber auch während des Unterrichts. Erdkunde, Heimatkunde und Werken fand ich faszinierend, aber am meisten gefiel mir das Fach Rechnen. Nachdem uns die Lehrerin eine neue Rechenart, wie das „Und-Rechnen, das „Weniger-Rechner", das Mal-Nehmen oder das Teilen erklärt hatte, stellte sie häufig laut an die gesamte Klasse Rechenaufgaben. Wir sollten uns dann wortlos durch Handaufheben melden, sobald wir glaubten, das Ergebnis zu kennen. Das war für mich ein Spaß, weil mir dieses Fach offensichtlich leichter fiel als den meisten Mitschülern und ich Anerkennung und zum Teil Bewunderung für diese Fähigkeit sowohl von der Lehrerin als auch von den Schülern erntete. Die Hausaufgaben waren nie ein großes Problem. Anfangs bekamen wir „auf", so sagten wir damals, einige Zeilen einzelner Buchstaben möglichst schön und gleichmäßig zu schreiben. Das war zwar in relativ kurzer Zeit erledigt. Am nächsten Tag ärgerte ich mich dann aber oft ein wenig, weil ich in der Klasse beim Vergleichen feststellen musste, dass einige Knaben, aber besonders die Mädchen, beim Schönschreiben das weitaus größere Talent besaßen. Nicht so bei den Rechenaufgaben, wie gesagt, oder später beim Nachzeichnen von Landkarten mit Flüssen und Gebirgen. Wenn das Wetter es zuließ, erledigten wir, mein

Nachbarsfreund, der ebenfalls Karl heißt, und ich die Aufgaben noch bevor wir nach Hause gingen. Wir knieten uns vor die Sitzbank vor unserem Haus auf die Erde, öffneten die Hefte und schrieben, was wir „auf" hatten. Manchmal waren es zehn Sätze mit dem Verb „haben", ein anderes Mal sollten wir die Wochen- oder Monatsnamen der Reihe nach schön aufschreiben. Das konnten wir alles recht schnell erledigen und das mit dem Schönschreiben haben wir meist nicht übertrieben, das war uns den Aufwand nicht wert, denn die Mädchen waren sowieso immer besser darin. So konnten wir also schon kurz nach Schulende, das um 16 Uhr war, zum Spielen übergehen.

Beim Deutschunterricht, der anfangs nicht klar vom Schreibunterricht zu trennen war, lernten wir die für uns etwas künstlich, ja kindisch klingende Aussprache des Hochdeutschen, bei dem fast alle O- und viele Sch-Laute unseres Dialekts als A- zu S-Laute auszusprechen waren. Dabei kam es manchmal zu sonderbaren Verwechslungen. So erklärte uns die Lehrerin eines Schultages die Haustiere und beschrieb uns, wie die Füße dieser Tiere benannt werden: die Pferde haben Hufe, die Kühe und Schweine Klauen, die Hühner Krallen und die Hunde und Katzen Pfoten. Bei der anschließenden Abfrage antwortete Hans auf die Frage, wer vier Pfoten habe: „Mein Vater hat vier Pfoten, eine Sonntagspfote und drei Werktagspfoten". Hans hatte bei den Ausführungen des Lehrers wohl nicht aufgepasst und spontan gedacht, dass Pfote die hochdeutsche Aussprache für „Pfoat" (Hemd) sei. Natürlich lachte nicht nur der Lehrer sondern mit ihm gleich der Rest der Klasse ob dieser witzigen Verwechslung.

Ab der zweiten Klasse hatten wir Italienisch-Unterricht. Dazu trat eine auf mich etwas ältlich wirkende, kleine, dunkelhaarige Frau in die Klasse und wollte mit dem Unterricht beginnen. Das Problem war nur, dass keines von uns Kindern ein Wort in dieser Sprache kannte, außer vielleicht „si" und „no" oder ein paar italienische Schimpfwörter, wie „porco" oder „madonna", die die Erwachsenen von den südlichen Nachbarn aufgrund ihres Wohlklangs übernommen hatten. Andererseits sprach die Lehrerin kein Wort Deutsch. Dies führte naturgemäß zu Kommunikationsproblemen, die dem Unterricht nicht besonders dienlich waren. Erst zeigte sie uns ein paar einfache Dinge wie Bleistift, Buch, Heft, Kreide oder Abfalleimer und sprach uns die entsprechenden italienischen Bezeichnungen vor, die wir dann gemeinsam nachsprechen sollten. Vieles klang für uns aber wohl sehr lustig und so kam es bei manchen italienischen Wörtern zum lauten Gelächter in der Klasse, was die Lehrerin aber gar nicht lustig fand, wie wir aus ihren drohenden Gesten und streng klingenden Worten entnehmen konnten. Aber nichts ist für Kinder schwieriger, als das Lachen zu unterdrücken, wenn es gerade nicht erlaubt ist. Schon wenn man einem anderen Kind nur in die Augen blickte, war ein ernstes Schauen nicht mehr möglich und das Gekicher brach wieder aus. Später schrieb uns die Lehrerin dann die Worte an die Tafel und um uns die Grammatik beizubringen fing sie an, die Konjugation von „haben" an die Tafel zu schreiben: „io ho, tu hai, egli ha usw." Dann sprach sie es uns mehrmals vor: io o, tu ai", und allmählich wurde uns klar, dass die „H's" im Italienischen stumm bleiben. Nun sollten wir es nachsprechen, jeder einzelne nacheinander. Heiner links vorne in Fensternähe sollte den Anfang machen: „io ho, tu hai"…, sprach er, wohl um zu testen, was passierte, wenn er es so las, wie es geschrieben stand. Die Lehrerin aber korrigierte geduldig: „No Einer, io o, tu ai!" Dann kam Margareth, ein Mädchen aus der ersten Reihe dran. Bei ihm klappte es schon recht gut mit dem H-Weglassen. Aber dann der Andreas, der wollte ihr den Gefallen auch nicht so ohne weiteres tun und betonte extra jedes H mit großem Nachdruck: „ io hho, tu hhai usw.". Das war zu offensichtlich und brachte das Fass dann zum Überlaufen und die Lehrerin wurde rot vor Zorn. Erst erschraken wir Kinder und zuckten zusammen. Aber einer der weiter hinten sitzenden Buben fing an zu kichern und steckte uns alle an, so dass die Situation für die Lehrerin total entglitt und sie mit Tränen in den Augen aus dem Klassenzimmer stürmte und kurze Zeit später mit dem Schulleiter zurückkehrte, der uns dann wieder zur Vernunft brachte.

Eines Tages wurde ein Zauberer angekündigt. Der wollte aber für seine Vorführungen eine Gage und wir Kinder sollten jeweils 150 Lire von zu Hause dafür mitbringen. Vor seinem Auftritt sammelte die Lehrerin das Geld ein. Als sie mich um das Geld bat, konnte ich die Tränen nicht mehr zurückhalten. Meine Mutter hatte mir die kleine Summe nicht geben können und den Vater wollte sie nicht fragen, weil sie bei ihm kein Verständnis für die Unkosten wegen eines Zauberers, also eines Spinners in Vaters Augen, erwartet hätte.

Er hatte den Handel mit Holz inzwischen aufgeben müssen, weil er als einfacher, noch mit Handsäge, Axt und Beil arbeitender Holzfäller im Gebirge mit den, wohl auch wegen des einsetzenden Imports aus skandinavischen Ländern, günstigen Preisen der Konkurrenz nicht mehr mithalten konnte. Eine Anstellung bei den Bacharbeitern, wie die Beschäftigten der Wildbachverbauung der Region Trentino-Südtirol genannt wurden, brachte ihm zwar einen nicht so schlechten Lohn, die Arbeit in dieser Truppe hielt er aber nicht durch. Die besser bezahlten und körperlich nicht ganz so anstrengenden Vorarbeiter- und auch die meisten Maurerstellen waren von Italienern besetzt, so dass er nur für die schweren Zuarbeiten, wie Mörtel mischen (das wurde noch mit der Handschaufel verrichtet), Zementsäcke schleppen (damals noch 50 kg Gebinde) und Steine mit der Schubkarre heranfahren, eingesetzt wurde. Diese Arbeitsgruppen arbeiteten zwar nur 8 Stunden am Tag, hielten aber nicht die bei einheimischen Bauern üblichen Mahlzeiten ein. Zwischen Frühstück und Mittagessen gab es keine Pause für die „Halbmettog" (9 Uhr Brotzeit) und nachmittags um 16 Uhr gab es keine Jausenunterbrechung für die „Marende". Das war für einen bäuerlich geprägten Tiroler wie meinen Vater sehr ungewohnt und er hielt diesen ungewohnten Arbeitsrythmus, wie gesagt, nicht lange durch. So verdiente er nun als schlecht bezahlter Tagelöhner bei Bauern unseren Lebensunterhalt und der Gürtel musste deutlich enger geschnallt werden. Ja, wir waren in jener Zeit richtig arm geworden, mit die Ärmsten im ganzen Dorf.

Dies ging so weit, dass wir Kinder für den Besuch des Sonntagsgottesdienstes nicht genügend ordentliches Schuhwerk besaßen und uns dieses teilen mussten. Deshalb ging meine ältere Schwester Lina zur ersten Messe um 8:00 Uhr in die Kirche und dann sofort nach Hause, damit ich ihre Schuhe anziehen konnte für die zweite Messe, die damals etwa zwei Stunden später begann.

Nun war ich der Einzige aus unserer Klasse, der kein Geld von zu Hause mitgebracht hatte, und die Tatsache, dass ich den Zauberer nicht sehen durfte, trieb mir die Tränen in die Augen. Und als ich schon nicht mehr wusste, wo und wie ich mein verweintes Gesicht vor allen anderen verbergen konnte, hörte ich ein Mädchen, es war Marta, sagen, sie hätte 50 Lire übrig und würde sie mir geben, „Karl, i kannt (könnte) dir des geben. Vielleicht hat ja nou jemand Eppes ibri (übrig)?" sagte sie. Ich bin mir nicht mehr ganz sicher, glaube mich aber zu erinnern, dass ich so mit dem geschenkten Kleingeld der Mitschüler dann 130 Lire zusammen bekam. Die Lehrerin sagte, das wäre so in Ordnung und auch ich könnte nun dem Zauberer lauschen. Heute vermute ich, dass sie selbst die restlichen 20 Lire dazu gelegt hat. Den Zauberer selbst fand ich dann gar nicht so aufregend, obwohl er eine Sache nach der anderen aus dem Ärmel und unter dem dunklen Zylinderhut hervor zauberte und uns Kinder mit seinen trickreichen Künsten vor die Frage stellte: „Wie werd er des lei gmacht haben?" und „Na, moansch (meinst) Du, der konn wirkle zaubern?"

Die Unterrichtspausen waren immer sehr kurzweilig. Wir stellten uns auf den schotterigen Schulhof auf, einige schritten das Feld ab und zogen mit den Schuhkanten Rillen in den Schotter, um die beiden Bereiche eines Völkerballspiels zu markieren. Dann traten zwei zur Wahl der beiden Mannschaften an. Erst musste noch herausgefunden werden, wer mit der Wahl des vermeintlich besten Spielers beginnen durfte. Das wurde durch das so genannte „Tip-Tap"-Verfahren bestimmt, bei dem die beiden Kontrahenten sich in einer Entfernung von etwa 2 bis 3 Metern aufstellten und dann der Reihe nach, der eine Tip, der andere Tap sagend, einen Fuß vor den anderen stellen mussten und sich dabei immer näher kamen. Wer den letzten Fuß noch der Länge oder der Breite nach setzen konnte, durfte mit der Wahl beginnen. So entstanden zwei etwa gleich starke Mannschaften, die dann mit dem Kampf, das heißt mit dem „Abschießen" der Gegner mit dem Ball, bis keiner mehr übrig war, begannen. Tot war man, wenn man vom Ball getroffen wurde und dieser anschließend zu Boden fiel. Die spielentscheidende Kunstfertigkeit bestand nun darin, den auf einem geschleuderten Ball zu fangen. Wenn dies gelang, führte das zum Ballverlust des Gegners und zu anschließenden Möglichkeiten für die eigene Mannschaft, die Gegner zu dezimieren.

Meistens waren wir noch mitten im Kampf, als der Klingelton unser Treiben abbrach und uns, verstaubt und verschwitzt, in die Klassenzimmer zurückholte.

Zu anderen Zeiten war das „Kreuzern" unser beliebtestes Spiel in den Pausen. Diese Bezeichnung leitet sich wohl vom Kreuzer ab, einer Münze aus den Zeiten da Südtirol noch Teil der österreichisch-ungarischen K&K-Donau-Monarchie war. Die von uns am häufigsten verwendeten „Kreuzer", also Münzen, waren aber inzwischen ungültigen Centesimi oder Lire Münzen aus der Zeit des italienische Faschismus, auf deren Rückseite ein markanter Kopf eines römischen Idols und das obligatorische Faschistenbündel mit Beil geprägt war. Einige dieser Münzen waren aus schweren, weißblanken Legierungen, andere, die „Klapperer", wie wir sie nannten, waren aus Aluminium gefertigt. Wenn wir ältere Münzen aus der K&K-Zeit mit dem aufgeprägten Doppeladler in unseren Sammlungen hatten, haben wir sie geschont und nur eingesetzt, wenn alle anderen bereits verspielt waren. Wir hielten sie nämlich für wertvoll. Die Spielregeln beim „Kreuzern" waren dabei folgendermaßen: die Teilnehmer warfen eine Münze von einer vorher durch einen Strich am Boden bestimmten Entfernung so vorsichtig wie möglich gegen die Schulwand und versuchten dabei, das Geldstück möglichst nahe daran zum Liegen zu bringen. Dann wurde gemessen, wie die Reihenfolge der Abstände war. Der Nächste durfte nun alle geworfenen Münzen in die Hand nehmen und hoch werfen. Alle, die nun mit dem Kopf nach oben am Boden zu liegen kamen, durfte er behalten. Die restlichen „Kreutzer" wurden vom Zweitnächsten genauso behandelt und so fort, bis alle Münzen vergeben waren. Natürlich führte das bei den weniger geschickten Anfängern relativ schnell zum Verlust der gesamten Münzensammlung. Und so kam es, dass wir, mein Freund Karl und ich, in relativ kurzer Zeit ohne Spielmaterial waren und nicht mehr mitspielen konnten. Da gab es ein Gerücht, dass der alte Metzgerhans, dessen Haus direkt gegenüber unserer Volksschule stand, eine große Sammlung besäße. Es hat uns viel Überwindung gekostet, aber die Lust am „Kreuzern" war so groß, dass wir bei ihm anklopften und um ein paar "Kreutzer" baten. Er öffnete uns und bestätigte das Gerücht, zeigte uns seinen Schatz von wertlosen, aber für uns so wertvollen Münzen und bot uns so etwa fünfzig Stück für 100 Lire an. Karl sagte, er habe aber nur fünfzig Lire dabei.

Ich hatte natürlich kein Geld dabei, das hatte ich in der Volksschule niemals, und wurde schon wieder etwas traurig, als ich dies zugeben musste. Der Alte aber gab meinem Freund die fünfzig Stück für 50 Lire und griff noch einmal in seine Münzendose, holte etwa zehn davon heraus und schenkte sie mir, damit ich auch „mitkreuzern" könne, „Jetzt muasche halt gwingen!" (Jetzt musst du halt gewinnen) meinte er gönnerhaft.

Auf die Pausenzeiten freuten wir uns besonders auch im Winter sehr. Wenn Schnee lag, und das war früher häufiger der Fall, nahmen wir unsere Schlitten mit in die Schule. Mit denen rodelten wir den Weg hinunter, der von der Kirche zum Schulhaus führt. Rechts am Schulplatz vorbei sausten wir mit Schwung über die leicht ansteigende „Stadelbrücke" (so nennt man die auf die Tenne führende Rampe) gegen das große Holztor der Scheune des Unterwirtshofes, unserer Endstation. Gegen diese versuchten wir mit möglichst großem Gepolter mit den vorgestreckten Füssen zu schlagen, denn das zeugte davon, dass wir sehr schnell unterwegs gewesen waren. Jeder von uns Buben versuchte natürlich der schnellste auf den Kufen zu sein und den anderen, besonders aber den Mädchen, zu imponieren. Von denen beteiligten sich auch viele am Rodelspaß in der Pause. Sie mussten aber auf der Hut sein, dass ihre Rodeln nicht von den herunter sausenden Buben mit dem Fuß in den tiefen Schnee gestoßen wurden oder dass sie, wenn sie abwärts langsamer unterwegs waren, von den schnell fahrenden Buben auf ihren Schlitten von hinten gerammt wurden. Es mag nicht verwundern, dass der Schuldiener am Ende dieser Pausen uns an der Eingangstür kontrollierte, ob wir denn auch sorgfältig mit dem bereitstehenden Reisigbesen uns den Schnee von den Hosenbeinen und Schuhen gekehrt hatten, bevor wir das Schulgebäude wieder betraten. Nicht wenige von uns saßen dann mit durchnässten Klamotten im folgenden Unterricht.

Der Schuldiener war zu jener Zeit mein Onkel, der Hies (Matthias), ein älterer Bruder meiner Mutter. Er genoss es, besonders nach seiner Pensionierung, hin und wieder ein Gläschen Rotwein über den Durst hinaus zu trinken und hatte dann auf dem Heimweg "runde Schuhe" an, wie er selbstironisch zugab. Er meinte damit, dass die abgerundeten Schuhsohlen und nicht das bisschen Wein für seinen schwankenden Gang verantwortlich seien. Im Gasthaus erzählte er gerne, wie viele Sprachen er beherrschte und gab uns akustische Kostproben verschiedener französischer oder englischer Ausdrücke, die dann meist etwas gelallt klangen. Am liebsten aber erzählte er uns von seinen überaus erfolgreichen Ausflügen in bestimmte, uns nicht verratene Waldstücke, die er zum Pfifferlinge Suchen unternommen hätte. Er hätte die Pilze nicht gesucht, sondern sie hätten nach ihm gerufen und so sei er jedes Mal mit einem Korb voll der gelben Köstlichkeiten ins Dorf zurück gekommen, was von den Leuten, die er dabei zufällig traf, halb mit Bewunderung, halb mit Neid auch tatsächlich beobachtet worden war. „Hies, nimm ins (uns) mit!" hätten die Pfifferlinge zu ihm gesagt, behauptete er und lächelte verschmitzt aus seinen blauen Augen dazu.

Während der Winterzeit waren die nassen Klamotten wohl der Hauptgrund für unsere ständig verschnupften Nasen. Nach jedem Rodelausflug am freien Donnerstagnachmittag oder an den Wochenenden kamen wir durchnässt nach Hause und die Fingerspitzen und die Zehen schmerzten dann fürchterlich, sobald wir uns in der warmen Küche aufhielten. „Das tuat halt Nägeln, das vergeaht glei wieder! Ess mi-et (Ihr müßt) lei die Finger in die Haar stecken!" tröstete uns die Mamme. Und so kam es auch. Was aber blieb, waren unsere roten Rotznasen, die zu schnäuzen wir meist nicht genügend Zeit fanden oder kein Tüchlein zu Hand hatten, so dass das meist mit einem Hochziehen erledigt werden musste.

Damals trafen sich bei schönem Winterwetter viele auf einem Wiesen-Nordhang unterhalb des Dorfes, der Lindnerwiese, um entweder selbst mit der Rodel herunter zu sausen, Ski zu fahren oder einfach nur dem Treiben der anderen zuzuschauen in der Hoffnung, dass der eine oder andere auf dem Hang stürzen und so etwas zur Unterhaltung beitragen würde. Ach, wie gerne hätten wir das Skifahren gelernt! Aber es fehlten uns die Skier. Da hatte mein Bruder eine rettende Idee und wir zogen los und suchten den Holzzäunen entlang nach Zaunlatten, „Spelten" genannt. Um als Ski brauchbar zu sein, mussten sie an einem Ende eine Krümmung aufweisen.

Nachdem wir brauchbare Exemplare ausfindig gemacht und uns versichert hatten, dass der betreffende Bauer nicht in der Nähe war, rissen wir sie aus dem Zaun, in dem sie senkrecht mit geräucherten Fichtenzweigen eingeflochten waren und schlichen uns mit ihnen nach Hause. Dort schnitten wir uns Lederriemen aus alten Schuhen und nagelten sie als Schlaufen auf die entstehenden Skier. In diese Schlaufen stapften wir dann mit Schwung unsere Schuhe, so dass sie darin festen Halt fanden, fast wie in einer richtigen Skibindung. Als Skistöcke dienten uns schön gerade gewachsene, etwas stärkere Haselnussruten, von denen es in der Umgebung genügend zu finden gab. Mit dem Hobel wurde hierauf die Unterseite der Skier glatt gehobelt und mit alten Kerzenstumpen gewachst. So ausgestattet wagten wir uns dann auf die Skipiste, nachdem wir uns vorher nochmals umgesehen hatten, ob auch wirklich keiner der von uns geschädigten Bauersleute zu sehen war. Schnell mussten wir feststellen, dass dieser Sport einfacher aussieht, als er in der Praxis ist. Oben am flachen Startpunkt stand ich auf den wackligen Brettern und schob die selbst gefertigten Skier abwechselnd vor und zurück, damit der Schnee nicht festpappte. Dann riss ich den ganzen Mut zusammen und wagte mich in die erste Abfahrt. Sie folgte zwei vorgefertigten Spuren, die schnurstracks hinunter über den Weg und dann neben der Linde vorbei auf das Lindner-Moos, einer moorigen, flachen Wiese, führte. Die ersten Meter zeigte ich noch recht stolz, dass ich es auch kann, doch die Fahrt wurde schnell rasanter. Ich wusste ja nicht, wie ich bremsen sollte, und so verließ mich schnell der Mut und ich verlor die Lockerheit und die Zuversicht, es bei diesem Tempo bis unten schaffen zu können. Ehe ich mich umsah, fand ich mich im tiefen Schnee wieder. Ein Ski fuhr allein seelenruhig die Spur weiter, wie ich nach dem Wegwischen des Schnees vom Gesicht erkennen konnte. Der andere lag quer neben mir im Schnee. Wir hatten anscheinend eine Art Sicherheitsbindung gebastelt. Der Sturz war weich und schmerzte nicht, wohl aber der Spott und das höhnische Gelächter der Leute um mich herum.

Meine ärmliche Skiausrüstung kam damals meiner Lehrerin zu Ohren, einer sportlichen Dame aus dem Grödnertal, die schon mal bei der Weltmeisterschaft der Damenabfahrt einen sechsten Platz erreicht haben soll. Offensichtlich tat ich ihr leid, denn sie schenkte mir eine gebrauchte Skibindung, wie sie früher Stand der Technik war, mit zwei Backen vorne, in denen die Schuhspitze noch zusätzlich mit einem Lederriemen gegen das Ausbrechen nach oben gesichert war, und mit einer Stahlfeder hinten, die in einer Kerbe der Sohle des Skischuhs gelegt und vor dem Fuß mit einem Hebel gespannt werden konnte. Diese tolle Ausrüstung trug ich stolz nach Hause, wo ich allerdings in Ermangelung passender Skier und Stiefel nicht viel damit anfangen konnte.

So mit acht, neun Jahren wurde ich Ministrant. Das war für mich zum einen erstrebenswert, weil wir Ministranten dem Messner beim Glockenläuten helfen durften. Auf der anderen Seite war dieser Dienst für mich kein großer zusätzlicher Aufwand, da ich sowieso immer von meiner Mutter mit Nachdruck angehalten wurde, in die Kirche zu gehen. Das betraf sowohl den alltäglichen Schulgottesdienst, der um halb acht Uhr morgens dem Schulunterricht vorgeschaltet war, als auch die Besuche der Sonntagsmesse um 8:00 Uhr und der Sonntagsandacht um 14:00 Uhr. Hinzu kamen noch die allabendlichen Adventandachten vom 1.Adventsonntag bis zum Heiligen Abend und die Maiandachten während des gesamten Wonnemonats zu Ehren der Jungfrau Maria.

Die Glocken wurden vor jeder Messe geläutet und sie konnten, zumindest die drei kleineren und das Totenglöcklein, wohl wegen seines hellen Klanges auch Ziegenglöcklein genannt, vom Turmkeller aus gezogen werden. Dazu hingen lange geflochtene Lederstricke durch die innere Holzkonstruktion vom Glockenraum aus etwa 35 Metern Höhe bis zum Turmboden herab. Durch die Länge der Stricke dehnten sie sich beim Anziehen deutlich aus. Beim Anhalten der Glocken wurden wir Leichtgewichte von der schwingenden Masse deshalb sanft vom Boden hoch gezogen, ein Vergnügen, das wir uns nicht gerne entgehen ließen. Außerdem gab uns das Läuten der Glocken das stolze Gefühl, für das ganze Dorf etwas laut Hörbares vollbringen zu dürfen, und so war es zumindest für meinen Ministrantenjahrgang die Hauptmotivation für das Ausüben dieses Amts.

Der Dienst in der Kirche wurde uns vom Pfarrer sorgfältig erklärt. Erst sollten wir uns eine Ministrantenkutte und einen weißen, auf mich etwas zu weiblich wirkenden Kragen überwerfen, dann mit zum Gebete gefalteten Händen dem Pfarrer von der Sakristei aus bis vor den Altar in würdevoll langsamen Schritten vorausgehen und uns links und rechts – es waren in der Regel zwei Ministranten bei den normalen Messen im Einsatz – vom Hochwürden hinstellen oder knien, je nach Ablauf. Bei der Wandlung gossen wir in den goldenen Kelch, den er uns hinhielt, aus dem linken Krüglein Wasser und dann aus dem rechten Wein. Dabei deutete uns der Pfarrer durch Hochheben des Kelches an, wann wir mit dem Zugießen aufhören sollten. Uns Kindern fiel damals unschwer auf, dass dieses Hochzucken beim Wasserkrüglein schon recht bald nach den ersten Tropfen erfolgte, während beim Weingefäß die Bewegung nach oben in der Regel auf sich warten ließ. Nach der Messe gingen wir wieder in die Sakristei zurück, hängten unsere Kutten über einen Bügel in den großen, dunklen Schrank neben dem Messkleid des Pfarrers, das der Messdiener ihm abgenommen hatte, und wurden entlassen.

Eines Sonntagsmorgens verließ ich so die Sakristei. Wahrscheinlich war ich etwas in Eile, denn ich zog die Sakristei-Eingangstür mit der rechten Hand hinter mir zu, obwohl sie auch allein, allerdings langsamer, zugefallen wäre, ergriff sie dabei nicht an der Klinke sondern packte sie an der Türkante, zog die Hand zu spät aus dem sich verkleinernden Abstand zwischen Tür und Rahmen und wurde am Mittelfinger so sehr von der schweren Eichentür eingequetscht, dass die Fingerkuppe und der größte Teil des Fingernagels weggerissen wurde. So blutend, den Finger nur notdürftig mit meinem Stofftaschentuch verbunden, kam ich daheim an. Meine Mutter war entsetzt, als sie die Wunde sah, und zeigte sich sehr verwundert und entrüstet, dass der Pfarrer angesichts dieser Verletzung mich nicht gleich zum Arzt begleitet hatte, der nur wenige Minuten unterhalb der Kirche seine Praxis und um diese Zeit nach der Messe auch Sprechstunde hatte. Das war aber auch beinahe die einzige Kritik, die ich je von meiner Mutter im Hinblick auf die Religion und Kirche gehört habe. Sie beauftragte sofort eine ältere Schwester mit der Beaufsichtigung des Herdes und des begonnenen Kochvorgangs und begleitete mich zum Arzt. Er sah sich die Wunde an und war nicht sicher, ob der abgerissene Fingernagel jemals wieder richtig nachwachsen werde. Er desinfizierte die Wunde mit Jodlösung und versah meinen Mittelfinger mit einem dicken Verband. Mein krummer, etwas verdickter, rechter Mittelfingernagel erinnert mich heute noch an jenes Ereignis.

Jedes Jahr zur Törggele-Zeit im Herbst machte der Pfarrer mit allen Ministranten einen Ausflug zum Schloss Runkelstein, das am nördlichen Rande Bozens, am Eingang zur Sarntaler Schlucht, auf hohem Felsen steht. Dieses Ziel wurde deshalb ausgesucht, weil eine seiner Schwestern dort die Schloss-Gastwirtschaft betrieb. Wir fuhren mit der Seilbahn nach Bozen und liefen von der Talstation zum Schloss. Unterwegs malten wir beim Anstieg auf dem Schlossweg uns aus, wie das Leben, also hauptsächlich das Kämpfen, der Ritter so vor sich gegangen sein mag und wie schwer wohl die Rüstungen, die Schilde und die Schwerter gewesen sein mögen. Besonders eindrucksvoll waren für uns die Zugbrücke, die dicken Mauern und das imposante Eichentor am Eingang, das mit einem dicken Balken zusätzlich verriegelt werden konnte. Wir stellten uns vor, wie die Angreifer unter dem Tor dann mit heißem Pech von oben begossen und in die Flucht geschlagen wurden. Das muss im Falle von Runkelstein wohl so gewesen sein, denn die Burg ist eine der besterhaltenen Anlagen weit und breit und macht nicht den Eindruck, dass sie je erobert worden wäre. Im Burghof waren große Holztische und Bänke aufgestellt, wo wir uns niederließen und die gerösteten Kastanien mit Schlagsahne und den süßen roten Traubensaft genossen. Danach wurde in der Regel noch die nähere Umgebung des Schlosses erkundet in der Hoffnung, einen verborgenen oder vergessenen Schatz aus der alten Zeit zu entdecken, bevor wir uns wieder zur Seilbahn begaben und die Heimfahrt antraten.

Wie schon erwähnt, war damals der Schulunterricht noch ganztägig. Interessanterweise hatten wir jedoch, wie bereits erwähnt, aber an jedem Donnerstagnachmittag schulfrei. Das nutzten wir natürlich für Ausflüge zu interessanten Orten, wie zum Beispiel alten Mühlen, wo wir „mit den Mühlrädern" fuhren, wie wir sagten, indem wir uns in die Speichen der großen oberschlächtigen Holzräder stellten, durch unser Gewicht es in Bewegung setzten und eine halbe Umdrehung im Rad mitfuhren. Oder wir suchten Abfallhalden auf, von uns "Plunder" genannt, die es damals an bestimmten Hängen in der Nähe von Wegen oder in Erosionsschneisen gab, die ein früheres Unwetter in die Hänge gerissen hatte. In ihnen stöberten wir nach interessanten Gegenständen, wie alten Küchengeräte oder verrostetem Werkzeug. Meist aber war das „Plunder nicht gut" und bestand nur aus verrosteten, leeren Blechdosen, alten „Pundeln", wie wir sagten. Oder wir besuchten einen Schulfreund auf einem der umliegenden Bauernhöfen und ließen uns dann das Eine oder Andere einfallen.

Im Spätherbst auf einem unserer zahlreichen Ausflüge in die Natur – ich war im Februar gerade acht Jahre alt geworden – kamen wir zu meinem Schulfreund Toni, der unterhalb des Dorfes wohnte. Wie üblich, trafen wir uns im Freien und wir meldeten uns durch lautes Pfeifen beim Freund an, der auch sogleich aus dem Bauernhaus schaute und zu uns kam. Wir gingen an die Stelle, wo die Materialseilbahn über die Felder und Wiesen schwebte, wenn sie meist Baumstämme ins Tal und andere Güter wie Baumaterialien oder Lebensmittel in großen Gebinden, wie Beton, Weinfässer, Mehl, Viehsalz oder Zucker nach oben beförderte. Die dicken Tragseile der Schwebebahn, auf der die Rollen der eingehängten flachen Holzgondel liefen, hingen stabil hoch in der Luft, die wesentlich dünneren Zugseile hingegen schwangen rauf und runter, wenn die schwere Gondel über die unterhalb des Bauernhofes stehenden Tragpfeiler fuhr. Durch die dabei variierende Zugkraft kamen die Zugseile derart in eine auf- und abwärts gerichtete Schwingung, daß sie den Ackerboden an seiner höchsten Stelle streiften und dabei lange Rillen in die Erde furchten. Toni erzählte uns, dass diese in die Höhe schwingenden Drahtseile vor uns schon mehrere Kinder genutzt hatten, um sich in die Höhe ziehen zu lassen, wobei man nach der Abwärtsbewegung wieder sanft auf dem Ackerboden aufkommen würde und dann das Seil loslassen müsse, ehe man sich zu weit von der erhöhten Stelle des Feldes entfernte.

Dieses waghalsige, aber kostenlose Vergnügen war für uns eine unwiderstehliche Gelegenheit. Wir fassten das relativ langsam dahin gleitende Seil und wurden wunderbar in die Luft gezogen. Das Seil, an dem ich hoch oben hing, lief langsam talabwärts und ich hoffte, dass es gleich die Abwärtsbewegung einleiten und mich wieder in die Nähe des Bodens zurückführen würde. Dem war aber nicht so! Ich blieb hoch oben in der Luft! Die Freunde sahen, dass ich vom Hang wegtrieb und schrien: „Lass di falln, Karl!" Ich aber hoffte noch immer. Leider vergebens! Und so näherte ich mich, talabwärts an dem Zugseil hängend, dem Pfeiler, der auf einer Kuppe, einem "Pichel", stand und ich sah das leicht ansteigende Gelände vor ihm und wollte die mir geringer erscheinende Höhe dort zum Fallenlassen nutzen. Bis dahin musste ich die Kraft aufbringen, mich festzuhalten. Tausend Dinge gingen mir in dieser relativ kurzen und doch so langen Zeit durch den Kopf. Ich müsste mich halt ähnlich wie eine Katze zu Boden fallen lassen und versuchen auf allen Vieren auf dem Boden aufzukommen, die verletzen sich doch nie, wenn sie von Dächern oder Bäumen fallen! Auf jeden Fall musste ich vor dem Pfeiler runter, denn dort würden mir an den Rollen die Finger beider Hände abgequetscht und ich würde dann über die harten, kantigen Querbalken des Pfeilers zu Boden stürzen! Ich dachte auch schon kurz daran, ob es nun vielleicht schon das Ende meines jungen Lebens sei, für eine christliche Gewissensforschung und ein letztes Vaterunser blieb mir aber keine Zeit.

Der Bauer, der gerade Holz vor der Holzhütte gehackt hatte, hörte die Rufe und die Aufregung meiner Freunde und erblickte mich am Seil hängend talabwärts treibend. Sofort ließ er Beil und Holz fallen und lief mit langen Schritten unter das Seil, an dem ich hing und rief: „Jetzt, lass di falln!" Ich tat es wohl.

Die Grabinschrift meines Lebensretters auf dem Friedhof in Jenesien

Am Brunnen zwischen dem Bauernhaus und dem Viehstall kam ich wieder zu Bewusstsein. Alle sorgten sich um mich. Der alte Pichler blutete aus der Nase und wusch sein Gesicht. Er hatte versucht, mich aufzufangen und damit die Wucht des Aufschlags zu mindern, wie mir die anderen erzählten. Dabei habe ich wohl mit einem Fuß oder Arm seine Nase blutig geschlagen. „Dou hascht du aber en guatn Schutzengl ghabt! Des hätt schi-ech ti-en gekinnt!" (Das hätte böse enden können) sagte die Bäuerin, die auch noch dazu geeilt war und, als sie sicher war, dass ich es heil überstanden hatte, sagte sie: „So, und jetzt geaht lei (nur) hoam und macht des net no a Mal!" Das hatten ich und wohl auch alle anderen, die dabei waren, nach diesem Ereignis auch bestimmt nicht vor!

Später erzählte mir der Schulfreund, dass sein Vater mit einer langen Holzstange die Höhe an der Absturzstelle ausgemessen habe. Die Fallhöhe soll 8 Meter betragen haben! „Das passt ja genau zu meinem Alter! Und meine Schuhgröße enthält ebenfalls eine 8, sie ist nämlich 38!" sagte ich und wir lachten schon wieder.

In der wärmeren Jahreszeit hatte ich in jenen Lebensjahren sehr oft beißende Kopfschmerzen, deren Ursache vielleicht im Sturz von der Seilbahn zu suchen war. Weil schon das Tageslicht meinen Augen weh tat und die Kopfschmerzen steigerte, kroch ich manchmal unter den Küchentisch. Als das häufiger vorkam, machte sich meine Mutter Sorgen, ob nicht doch etwas Ernsthaftes dahintersteckte, und ging mit mir zum Gemeindearzt. Dort angekommen wurde mir geheißen, meine Brust frei zu machen. Der Doktor klopfte an mir herum und horchte mich ab, sah in den Hals und in die Ohren und beruhigte meine Mutter. Er könne keine ernsthafte Erkrankung feststellen. Aber, so sagte er meiner Mutter, ein so mageres Kind wie mich, an dem man alle Rippen zählen könne, habe er noch nie gesehen. Da schluckte meine Mutter, erwiderte nichts und ging mit mir stillschweigend nach Hause. Als aber abends der Vater die Küche betrat, stellte sie ihm gleich die Frage: „Jetzt sog du a mal, isch inser Karl wirkle sou mouger, dass der Doktor koan dürreren Buabn kennt, wie er sogt?" Vater fand das ebenfalls übertrieben: „So mouger isch der Karl net! Wahrscheinlich gien lei die Dicken zen Arzt und er kennt nix Anderes!" sagte er und beruhigte die Mutter.

Tatsächlich war das Essen, das uns die Mutter möglichst kostengünstig auf den Tisch zauberte, besonders im Winter und im Frühjahr, wenn der eigene Garten kein frisches Gemüse hergab, recht unausgewogen. Oft wurden wir nicht richtig satt und gingen mit knurrenden Mägen ins Bett, nachdem wir uns brav mit weihwassernassen Daumen drei Kreuze auf Stirn, Mund und Brust gemacht und „Gelobt sei

Jesus Christus!" gesagt hatten. Mehl, das in Form von Semmelknödeln, hartem Bauernbrot oder Mus in der großen, flachen Muspfanne auf den Tisch kam, Kartoffeln und im Herbst gekochte Kastanien waren die häufigsten Hungerstiller.

Früher wurde zu Beginn der kalten Jahreszeit auf jedem Bauernhof ein Schwein geschlachtet. Mein Vater, der ja immer davon träumte, ein Bauer sein zu dürfen, machte da eines Spätherbstes mit, kaufte ein Schwein von einem Bauern und bestellte den Nachbarn, der den Metzgerberuf erlernt hatte und des Schlachtens kundig war. Das ahnungslose Schwein wurde in den Garten vor die Waschküche geführt, wo die Mutter mit einem großen Eimer und einem Kochlöffel bereits wartete. Dann wurde das wohl allmählich Schlimmes ahnende und laut schreiende Tier an den Ohren und am Schwanz von den Männern festgehalten und der Nachbar stach mit einem langen Messer seitwärts von unten in die Halsschlagader, so dass sofort das Blut in kräftigen Stößen herausspritzte. Dieses versuchte nun meine Mutter so gut es ging mit dem Eimer aufzufangen. Da aber aufgrund der Unruhe des Schweines viel des besonderen Saftes auf die Gartenerde lief und versickerte, schimpfte mein Vater über die Zaghaftigkeit und Ungeschicklichkeit meiner Mutter. "Wersche net ve den Fock Angscht hobn!" (Du wirst doch nicht Angst haben vor dem Schwein!) Herrschte er sie an. Das Tier verlor aber schnell an Kraft und wurde ruhiger. So konnte doch noch der Großteil seines wertvollen Blutes gerettet werden. Der große Eimer war jedenfalls etwa halb voll, als ihn die Mutter unter Umrühren mit dem Holzlöffel fort trug. Ich aber verfolgte weiter den Schlachtvorgang. Das ausgeblutete Tier wurde in eine große Holzwanne, den Sautrog, geworfen und mit mehreren Eimer heißen Wassers übergossen. Mit einer Stahlkette wurden das Tier nun entborstet, indem mein Vater und der Metzger jeweils an einem Ende der Kette zogen. Die Kette glitt dadurch unter dem Schwein hin und her und riss dabei die Borsten, die durch die Behandlung mit dem heißen Wasser sich leichter entfernen ließen, aus der Schwarte. Danach wurde das tote Tier im Trog von den Männern in den Keller getragen, wo es vom Metzger unter den Sehnen der Hinterläufe aufgeschlitzt wurde. Unter diese aufgeschlitzten Sehnen wurde ein kräftiger Eichenstab geschoben, der wurde an zwei Seilen befestigt, die von einem der Deckenbalken hingen. Dann wurde das Schwein hochgezogen, so dass es am Ende kopfüber mit gespreizten Hinterbeinen im Raum hing. Der Metzger schnitt mit seinem scharfen Messer, das er vorher noch über die Schleifklinge gezogen hatte, den Bauch des Schweines von oben nach unten auf. Die Innereien kamen nach und nach zum Vorschein, erst die Blase, die er gleich vorsichtig entfernte und mir reichte mit den Worten: „Da mach' sie dir sauber, dann kannscht du sie aufblosn und damit Ball spieln". Ich freute mich zwar über das tolle Geschenk, aber vorerst hatte ich andere Prioritäten. Ich wollte sehen, was sich da noch weiter im Schweineinneren auftat. Da quoll ein Gewirr von Gedärmen, die zum Teil dick und noch offensichtlich deutlich gefüllt waren, heraus. Es wurde vorsichtig von meinem Vater mit beiden Armen umfasst, während der Metzger es heraus löste. Dann hoben sie das schwabbelige Ding in eine bereitgestellte Wanne. Nun sah man auch die beiden Nieren, wie uns der Metzger erklärte, und die Innenseite der Wirbelsäule zeichnete sich ab. Alles dampfte noch ganz warm und roch nach frischem Fleisch. Nach dem Entnehmen von Magen und Leber zog er den Schnitt tiefer nach unten bis zum Maul des Tieres, spreizte die Rippen mit einem Holzstock und entnahm auch noch die Lunge, das Herz und schließlich die Zunge, die mir riesig erschien.

Die Mutter und die Nachbarin hatten inzwischen angefangen, den Dünndarm durch Ausdrücken zu leeren und anschließend durch Durchleiten von Wasser zu reinigen. Dazu steckten sie einen passenden Trichter in das Ende des Darms und gossen mit einem Eimer Wasser hinein und hoben das ganze hoch, so dass das Wasser durch den Darm abfloss und darin enthaltene Reste mit sich riss. Dieser Vorgang wurde einige Male wiederholt, bis man dachte, dass der Darm nun sauber genug sei für die weitere Verwendung als Wursthaut. Das Ganze dauerte ziemlich lange und mir fiel meine Blase wieder ein, mit der ich mich nun befasste. Nach dem gründlichen Waschen und Spülen ekelte ich mich nicht mehr und setzte meine Lippen an das noch anhängende Harnleiterstück, blies hinein, bis die Blase prall war, drückte dann mit zwei Fingern den Ausgang zu und bat meine Mutter, es mit einer Schnur abzubinden. Danach hatte ich einen Ball, der aber noch recht feucht und etwas schlabbrig war. Deshalb ließ ich ihn auf der Gartenbank liegen und wandte mich wieder dem Schlachtgeschehen zu.

Da hingen nur noch zwei voneinander getrennte Seiten des Tieres an der Decke. Alles Andere war bereits fachmännisch zerlegt, um es nachher für die Herstellung der Würste verwenden zu können. Von den beiden Seitenteilen wurden noch die Vorder- und Hinterbeine abgetrennt. Die flachen Seiten, „Metzeter" genannt, wurden mit der Schwartenseite auf einen Tisch gelegt und mit einer Mischung aus Salz, Pfeffer, Wacholderbeeren und weiteren Kräutern auf der Oberseite eingerieben. Damit war die Herstellung des „Specks" eingeleitet. Nach einigen Tagen sammelte sich auf den Vertiefungen der Metzeter ein Saft, der mit Löffeln dann wieder verteilt wurde. Erst so nach zwei, drei Wochen wurden die Metzeter allmählich oberflächlich trocken. Dann wurden sie in den Keller gehängt, wo ein leichter, trocknender Luftzug den endgültigen Prozess zum Tiroler Bauernspeck durchführte.

Am Abend des Schlachttages wurde in der Küche weitergearbeitet. Am Herd wurden unter der Obhut meiner Mutter große Töpfe mit Fleischteilen zum Sieden erhitzt. Wir anderen saßen am Küchentisch um den Fleischwolf herum, der vom Metzger gedreht und mit passenden Fleischstücken gefüttert wurde. Das so gewonnene Hackfleisch wurde dann vom Meister in einer Wanne gewürzt, geknetet, abgeschmeckt und erneut durch den Fleischwolf und dieses Mal in den auf den engen Ausgang des Gerätes aufgestülpten Dünndarm getrieben. Dieser wurde dadurch prall voll und kroch wie eine Schlange über den Tisch. Er wurde in Abständen von etwa 15 cm mit dem Wurstgarn abgebunden. So entstanden die Hauswürste, wie wir sie nannten. Ich aber wurde, da ich am nächsten Tag als Ministrant rechtzeitig zur Schulmesse zu erscheinen hatte, ins Bett geschickt und hatte nicht mehr viel Zeit, den schönen Tag nochmals im Kopfe nachzuvollziehen, da ich schnell erschöpft einschlief.

Das Malen und Zeichnen war nicht gerade meine Stärke in der Schule. Aber als wir vom Lehrer kurze Zeit nach dem Schlachttag den Auftrag bekamen, etwas von daheim, was uns wichtig oder schön war, zu malen, lief ich zu großer Form auf. Ich wählte natürlich den Schlachtvorgang. Ihn hatte ich mir gut eingeprägt. So malte ich die an den Hinterbeinen bis an die Kellerdecke hochgezogene Sau. Ihre Hinterbeine waren gespreizt und der Bauch und die Brust bis zum dicken Hals aufgeschnitten, alle Innereien freigelegt. Diese zeichnete ich mit einer erstaunlichen Präzision und zog die Konturen am Schluss noch mit Tinte nach. Einige der Mädchen schauderte es beim Anblick. Der Lehrer aber war erstaunt über mein Werk und hing mein „Schlachtbild" an der hinteren Wand im Klassenzimmer auf. Dort hingen bereits die jeweils schönsten Bilder von früheren Zeichenstunden. Es war das erste und leider auch das letzte Mal, dass ein „Kunstwerk" von mir dort vertreten war und dies erfüllte mich mit großem Stolz.

Wenn uns nach der Schule noch genügend Zeit blieb, und die Abende noch ausreichend hell waren, pirschte ich gerne mit den beiden Nachbarsbuben durch die Gegend. Meine

Geschwister, die noch zu Hause waren, waren ja alles „nur" Mädchen, die lieber seilhüpften oder mit Puppen spielten. So kam ich eines Abends mit meinem Freund Karl – wir waren etwa acht, neun Jahre alt – im Wald an eine felsige Gegend, in der wir ein wenig das Klettern üben wollten. Da fand Karl in einem schmalen Felsspalt ein rundliches und etwa Gänseei großes Metallteil. Außen waren kleine Metallflossen angebracht und es fühlte sich schwer an. Karl machte sich sofort daran, den Fund mit einem Stein zu bearbeiten, um an das unbekannte Innere zu gelangen, wo vielleicht Gold verborgen war. Ich erinnerte mich aber an ein Bild, das an der Seilbahnstation neben dem Bild mit den vielen Blumen und der Aufforderung: „Schützt unsere Alpenflora!" aufgehängt war. Auf ihm wurden eine Explosion und ein die Hände nach oben streckendes Kind gezeigt, das schräg von der Wucht der Detonation nach der Seite geschleudert wurde. „Karl, loß des lieber, es kannt gfährlich und nou ven Krieg sein!". Er aber war zu neugierig und schlug weiter auf das Metallteil ein. Ich bekam Angst und versteckte mich hinter einem großen Felsblock. Gott sei Dank, und auch weil der Stein, den er verwandte, nicht das geeignete Werkzeug war, um das stabile Metall zu bearbeiten, kam Karl mit seinem Vorhaben nicht voran. Wir haben dann den Fund einem mit Karls Vater befreundeten Angestellten der Seilbahn gezeigt, der ihn uns sofort entsetzt abnahm und sagte: „Do habt ihr aber Glück ghabt, dass ihr den Zünder net getroffn hobt, das isch a Handgranat, die hätt enk (euch) derissn (zerrissen), die kenn ich nou ven Krieg her!" Ich kann nicht sagen, was er dann mit dem Kriegsüberbleibsel, das wohl von einem der vielen vor den Amerikanern über die Alpen zurückweichenden deutschen Soldaten zurück gelassenen worden war, gemacht hat.

Zu Hause gab es in jener Zeit immer wieder Streit von meinen Geschwistern mit unserem Vater. Zum einem hatte er kein Verständnis dafür, dass sich die älteren Schwestern,

Anita und Marianne, bevor sie mit der Seilbahn nach Bozen in die Lehre oder Arbeit gingen, ihre Haare im Gang vor der Küche hoch toupierten und anschließend mit Taft festigten. Zum anderen sah er nicht ein, dass sie so unbequeme hohe und obendrein teure Stöckelschuhe tragen mussten. Sie waren als Verkäuferinnen oder Lehrlinge in verschiedenen Geschäften in den Bozner Lauben beschäftigt und mussten halt mit der Bozner Mode mithalten, um im Geschäft nicht allzu sehr als Bergdorfbewohner aufzufallen und wohl auch um dem anderen Geschlecht in der Stadt ein wenig zu imponieren.

Hans war damals Bäckerlehrling in Bozen und mit einem Bekannten auf dem Motorrad mitgefahren. Dabei streifte er einen Wehrstein am Straßenrand mit dem Unterschenkel und zog sich einen Knochenbruch zu. Nachdem ihm im Krankenhaus ein Gipsverband an das ganze Bein angelegt worden war, kam er von der Seilbahnstation mit zwei Krücken den Steig zu unserem Haus heruntergehumpelt. Die Mutter stand auf der Haustreppe und fing zu weinen an, als sie ihren Sohn so sah. Unser Vater aber fing wieder mit dem Schimpfen an, als er abends vom Wald heimkam und das Elend sah. „Was muasch du a (denn auch) mit so en Höllenfohrzuig mitfohrn! Die hoben's alle alm (immer) viel zu gnäati (eilig)!" brummte er missmutig beim Abendessen.

Mit meinem ältesten Bruder Luis hatte mein Vater Streit, weil dieser sich von seinem spärlichen Gehalt als Schmiedelehrling eine teure Schuhplattler-Ausrüstung gekauft hatte, anstatt das Geld zu sparen. Den nach mir jüngsten Bruder, Friedl, verstand er auch überhaupt nicht, als dieser kein Interesse an der Landwirtschaft zeigte und ein einmaliges Angebot des kinderlosen Bauernehepaars, bei dem er untergebracht war, ausschlug. Dieses stellte ihm den Hof in Aussicht, wenn er bei ihnen bleiben und brav die Bauersarbeit verrichten würde. „Na, Bauer werd i a mal bestimmt net!" sagte er. Dieser Bruder durchlief damals wohl eine sehr schwere Zeit in seiner Pubertät. Auf dem Weg, der vom Dorf zur Seilbahnstation führt, lagen am Rand hin und wieder Zigarettenkippen. Diese fanden Friedls und eines Nachbarjungen seines Alters Interesse. Sie suchten nach etwas längeren Exemplaren, die wohl Reisende in Eile noch vor dem Einstieg in die Seilbahn weggeworfen hatte, zündeten sie mit den daheim entwendeten Wachsstreichhölzern, den "Cerinii", an und rauchten sie. Einmal, ich erinnere mich noch genau, fand er eine fast noch ganze Zigarette, auf der noch der Markenname „Nil" zu lesen war. Er zeigte sie stolz seinem Freund mit den Worten: „A sou a Zigarett muaß aber schun wirkle gsund sein!" und rauchte sie, wobei er auch seinen Freund am ach so gesunden Genuss ein bisschen teilhaben ließ.

Als der Vater davon aber erfuhr, gab es großen Ärger. Er, selbst ein starker Raucher von billigen italienischen „Nazionali" oder „Alfa", hatte überhaupt kein Verständnis für das, was sich sein Sohn da dabei war anzugewöhnen. Von dem Nikotingenuss kam Friedl nie mehr los und so rauchte er bis zu seinem viel zu frühen Tod, Ursache Lungenkrebs.

Nach einem heftigen Streit mit den Eltern, an deren Ursache ich mich nicht mehr erinnere, drohte er abzuhauen und nie wieder nach Hause zu kommen. Er verschwand dann auch wirklich, halb den Tränen nah, aber grimmig in Richtung Seilbahnstation, tauchte erst nach zwei Tagen wieder auf und ging reumütig die Haustreppe hoch. Wir jüngeren Geschwister hänselten ihn und sagten: „Du hosch gsagt, Du kimmsch nie mehr, jetzt kimmsche decht (doch) wieder!" Das kränkte ihn so sehr, dass er kehrt machte und schon wieder, zwar etwas unschlüssig, am Hang in Richtung Seilbahnstation unterwegs war, als die Mutter aus der Küche eilte und ihm nachrief: „Friedl, kimm lei her, kimm in die Kuchl inner (Küche herein), du wersch Hunger haben, bleib lei do be ins! Und ess seid a mal still!" sagte sie zu uns mit Nachdruck. In diesem Moment erkannte ich mein und unser schäbiges Verhalten meinem Bruder in Nöten gegenüber. Ich schämte mich sehr und fühlte mich schlecht.

An den Sonntagabenden im Frühling und im Sommer versuchten die jüngeren Schwestern ihr Glück mit dem Verkauf von Blumensträußen. Diese hatten sie vorher in den damals noch mit einer Vielfalt an Blumen übersäten Wiesen gepflückt und zu schönen Sträußlein gebunden. Sie standen, die Sträußchen haltend, am Rand des Weges, der vom Dorf zur Seilbahnstation führt. Die Ausflügler aus Bozen mussten auf dem Nachhauseweg an ihnen vorbei und hin und wieder erbarmte sich einer der "Stadtler", wie wir sie etwas verächtlich nannten, nahm den Mädchen ein Sträußlein ab und fragte, was es denn kosten solle. „Zehn Lire, bitte!" sagte dann das glückliche Mädchen in der Hoffnung, dass der Stadtler, oder meist war es wohl eine Stadtlerin, dann doch 20 oder 30 Lire bereit war zu opfern. Viel kam dabei allerdings nicht zusammen, denn auch die Stadtbevölkerung drehte damals noch jede Lire dreimal um, bevor sie ausgegeben wurde.

In der nahe am Kreuzweger-Weiher gelegenen Wiese standen damals mehrere Birken verschiedener Größe. Sie waren die Grundlage für einen weiteren Spaß und Zeitvertreib, dem „Birkenhutschen" (Birkenschaukeln). Dazu kletterten wir auf einen der jungen Bäume möglichst hoch hinauf und fassten mit beiden Händen den Stamm so weit oben wie möglich. Dann schwangen wir uns hin und her und bald stellten wir fest, dass man bis zum Boden schwingen konnte, wenn man die Stärke der Birke richtig gewählt hatte. War man aber einmal am Boden, dann reichte die Spannkraft des Baumes nicht mehr aus, um uns in die volle Höhe zurück zu heben. Wir konnten aber mithilfe der Zugkraft der dünnen Birkenstämme herrlich hoch hüpfen und wieder gedämpft auf die Wiese aufsetzen, solange unsere Kraft in den Händen und Armen dafür ausreichte. Natürlich ging bei diesen Aktionen hin und wieder ein Bäumchen zu Bruch. Verletzt haben wir uns bei diesem Spaß aber niemals, denn die biegsamen, jungen Birken brachen selten und wenn dann immer erst dann, wenn wir uns ohnehin schon beim Schwingen in Bodennähe befanden.

Am Herz-Jesu-Sonntag, der in der Regel schon in den Ferien im Frühsommer lag, trafen sich viele der Mitschüler und Kinder anderer Schulklassen auf einer Anhöhe unweit der Materialseilbahnstation südöstlich von Jenesien. Hier sollte am Abend das Herz-Jesu-Feuer entzündet werden, ein Tiroler Brauchtum, das seit den Zeiten der französischen Bedrohung im Jahre 1796 in allen Teilen Tirols, nämlich Nord-, Ost-, Süd-und Welschtirol, gepflegt wird. Von hier oben war das Feuer bei Einbruch der Dunkelheit dann sowohl im größten Teil des Dorfes als auch drunten im Bozner Talkessel sichtbar. Deshalb sammelten alle recht fleißig Holz in der näheren Umgebung des Waldes und schlichteten es zu einem hohen Haufen auf. Man raunte sich dabei zu, dass dieses Feuer von den Carabinieri nicht gerne gesehen, ja von den Italienern sogar wegen der Geschehnisse der Feuernacht verboten worden war. Sollten die Hüter des Gesetzes auftauchen, dann sollten wir möglichst schnell im Wald verschwinden. Das machte die Sache natürlich erst richtig spannend. Bis zum Einbruch der Dunkelheit herrschte eine gewisse Anspannung unter uns allen. Die Carabinieri kamen aber nicht. Die ersten Feuer flackerten schon am Rittner Horn auf als wir den Holzhaufen anzündeten. Schnell entwickelte sich eine Flamme, die immer höher schlug und heißer wurde, so dass wir einige Meter zurückweichen mussten. Einige der älteren Kinder stimmten dann das Lied „Tirol, Tirol, Tirol, du bist mein Heimatland" an und alle anderen sangen das schöne, traurige Lied mit. Dann sangen wir noch die uns vom Singunterricht bekannten Strophen (1, 2 und 7) von „Wohl ist die Welt so groß und weit" und einige Mädchen sangen wunderbar die zweiten Stimmen dazu. Das klang so schön zwischen dem lodernden Feuer und dem

Dunkel des umgebenden Waldes, dass ich Gänsehaut bekam.

1. Wohl ist die Welt so groß und weit
Und voller Sonnenschein.
Das allerschönste Stück davon
Ist doch die Heimat mein.
Dort wo aus schmaler Felsenkluft
Der Eisack springt heraus,
Von Sigmundskron der Etsch entlang
Bis zur Salurner Klaus.

Hei di hei da hei da, ju vi val le ral le ra
Hei da hei da, ju vi val le ral le ra.

2. Wo König Ortler seine Stirn
Hoch in die Lüfte reckt,
Bis zu des Haunolds Alpenreich,
Das tausend Blumen deckt:
Dort ist mein schönes Heimatland
Mit seinem schweren Leid,
Mit seinen stolzen Bergeshöh'n,
Mit seiner stolzen Freud.

7. Drum auf und stoßt die Gläser an,
Es gilt der Heimat mein:
Die Berge hoch, das grüne Tal,
Mein Mädel und der Wein!
Und wenn dann einst, so leid mir's tut,
Mein Lebenslicht verlischt,
Freu ich mich, dass der Himmel auch
Schön wie die Heimat ist!

Mittlerweile waren viele Feuer auf allen möglichen Anhöhen um uns herum zu bestaunen: eines davon in der Nähe oberhalb von Jenesien, mehre gegenüber am Kohlern, an den steilen Hängen links und rechts des Unterlands, auf dem Ritten, am Reggelberg und weiter hinten auf den Anhöhen vor den Dolomiten. Ja sogar hoch oben auf dem Plateau des Schlerns loderte ein Herz-Jesu-Feuer stolz durch das Land und an der Wand des Mendelgebirges, unter dem Penegal, brannte ein Feuer in Form eines großen Kreuzes. Unser Feuer wurde schnell kleiner, denn ergiebige, große Holzteile hatten wir im Wald nicht finden können. Übrig blieb ein gleißender Gluthaufen, der allmählich verlöschte. So zogen wir, heimwärts, nachdem wir sicher zu sein glaubten, dass es sich nicht erneut entzünden konnte. Einige der Buben beschleunigten nach dem Fortgang der Mädchen mit den eigenen Strählen den Löschvorgang, wobei beim Auftreffen auf die heiße Asche der Strahl zischend und staubend verdampfte.

Zum Jahresende freuten wir uns natürlich auf Weihnachten. Die Geschenke fielen verständlicher Weise nicht so üppig aus. Einmal bekam ich aber eine Laubsäge vom Christkind, über die ich mich sehr gefreut habe. Sie habe ich wenig später ohnehin in der Schule beim Werkunterricht benötigt. Alle Buben unserer Klasse fertigten in dieser beliebten Unterrichtsstunde aus Sperrholz ein Schneidbrett in Form eines fetten Schweines, das wir dann stolz mit nach Hause nehmen durften, wo es auch benutzt wurde.

Ein größeres Problem erwuchs uns meistens beim Besorgen des Christbaums. Es musste nämlich eine Tanne sein und von diesen Nadelbäumen gibt es auf dem Tschöggelberg nicht viele. Außer den Tannen auf dem hinteren "Rempm Pichl" und im Schwarzwald, der auf dem Weg vom Salten zum Gasthof Tschaufen liegt, waren uns keine Standorte mit den begehrten Nadelbäumen bekannt. Hier aber ein Bäumchen zu holen, wagten wir nicht, aus Angst vor dem

Förster, der angeblich von Christbaumdieben hohe Geldstrafen verlangte. So konnten wir uns glücklich schätzen, dass uns unsere Tante aus Nobls ein kleines Tannenbäumchen aus ihrem Wald zukommen ließ. Es wurde auf den Wohnzimmertisch aufgestellt und mit Kugeln, Sternen und Engelshaar geschmückt. Außerdem wurden verschiedene Süßigkeiten an den Zweigen befestigt, die aber nicht allzu lange hängen blieben, und ein Engel, der über dem Eingang zur Krippe schwebte, in der das Christkind im Stroh lag, umgeben von Maria und Josef und, etwas dahinter, von einem Esel und einer Kuh. Auch kleine Kerzen waren auf dem Christbaum festgezwickt und Sternspeier hingen von den Zweigen. Sie wurden häufig von den älteren Geschwistern angezündet und Sterne speiend vom Balkon aus in hohem Bogen über den Weg auf die Wiese tief unterhalb geworfen, wo sie im Schnee noch lange nachbrannten und einen schönen, mattglitzernden Lichtschein erzeugten. Das Schönste vom ganzen Weihnachtsfest waren aber die Plätzchen, die die Mutter vorher in mir schier unermesslich scheinenden Menge gebacken hatte und von denen wir beinahe essen durften, so viele wir wollten. In der Heiligen Nacht wurden wir auch nicht, wie sonst jeden Tag, zeitig zu Bett geschickt. Die Eltern hofften, dass wir bis zur Mitternachtsmette durchhalten und sie dann auch besuchen würden. Doch nur die älteren Geschwister schafften das und konnten das „Stille Nacht, heilige Nacht", das die Trompeter vom Kirchturmfenster aus feierlich und sanft in das Dunkel der Mitternacht schickten, genießen.

An Neujahr wurden wir angehalten, allen Leuten, denen wir begegneten, alles Gute im Neuen Jahr zu wünschen. Das fanden wir irgendwie lustig und waren nicht wenig erstaunt, als ein älterer Bauer sich mit Tränen in den Augen bei uns für die guten Wünsche bedankte, in seinen Geldbeutel griff und jedem von uns 100 Lire schenkte. Ein anderer Bauer war ebenfalls gerührt und schenkte uns dankend Himbeerbonbons, die er aus einer Spitztüte aus seiner Jackentasche hervorholte. Die meisten Bäuerinnen hingegen bedankten sich nur recht freundlich bei uns für unsere Neujahrswünsche.

Am Abend vor „Heilige drei Könige", also am 5 Januar, wurde „geräuchert". Das war und ist noch immer ein alter, wohl heidnischer Brauch mit christlichen Elementen, bei dem alle Räume im Haus, alle Nebengebäude und Ställe „geräuchert" werden, um die bösen Geister zu vertreiben. Der Rauch wird hierfür mit Föhren- oder Fichtenharzkrümeln erzeugt, die auf glühende Kohle gestreut werden, welche in einer Stielpfanne hin und her geschwungen wird und durch den dabei entstehenden Luftzug weiterglüht. Gleichzeitig wird mit Weihwasser jeder Raum und am Ende auch der Garten und die Felder bespritzt, um eine gute Ernte sicherzustellen und Schädlinge zu vertreiben. Wir führten diese Handlung immer in einer Gruppe von mindesten dreien durch, der älteste mit der Räucherpfanne, ein weiterer mit dem Weihwasserbehälter und dem Buchsbaumzweig und der dritte mit den Harzstückchen. Der Vater oder die Mutter hatten uns vorher mit entsprechenden Anweisungen und Utensilien versorgt. Für mich hatte dieses „Räuchern" immer etwas Mystisches an sich und ich fragte mich, wieso der doch nicht so übel riechende Rauch des glimmenden Harzes böse Geister vertreiben könne. Die abschreckende Wirkung des Weihwassers hingegen stand für mich unbestritten fest.

Wenn es an Winterabenden anfing zu schneien und die weiße Pracht schon Zentimeter tief die Erde bedeckte, gab es in unserer Familie den Brauch, dass alle Kinder und auch die Jugendlichen unter uns sich barfuß ins Freie begaben. Wir rannten dann, freudig den pulverigen Schnee mit nackten Füßen vor uns her schubsend, den Weg bis zum Gartentor hinunter und zurück. Die Kleinsten wurden dann von der Mutter, die dem Treiben von der Haustür aus wohlwollend lächelnd zusah, ins Haus gerufen, und ihre kalten Füße wurden wieder trocken und warm gerieben. Die Größeren wiederholten den Vorgang im Freien und beendeten erst dann das nächtliche Tollen in der warmen Küche. „Des tuet in die Fües schu guat!" (Das tut den Füßen schon gut!) war die Meinung der Eltern.

3. Beim Remp

Spätestens nach Ablauf des zweiten Schulklassenjahres versuchte unser Vater, uns, seine Kinder, bei Bauern in Jenesien unterzubringen. Bei ihnen sollten wir seiner Meinung nach erfahren, wie es auf einem Bauernhof zugeht, und außerdem würden wir dort ordentlich das Arbeiten lernen. In Wirklichkeit war wohl eher, zumindest als ich an der Reihe war, die eigene Armut und Not dafür ausschlaggebend. Meine vier älteren Brüder und drei meiner älteren Schwestern hatten dieses Schicksal schon hinter sich gebracht. Wenn sie mal wieder kurz zu Hause auftauchten, berichteten sie, wie es Ihnen beim betreffenden Bauern erging. Manchmal weinten sie und flehten darum, daheim bleiben zu dürfen, aber meine Mutter sagte, dass es halt schon was ausmache, wenn ein Kind weniger am Essentisch säße, und dass es bei bei den Bauern viel Arbeit gäbe, bei der sie gebraucht würden. „Und der Tatte (Vater) wills ah (auch) a sou!" sagte sie abschließend und ließ keine Alternative offen.

Bei Hans und bei Friedl fiel selbst uns Kleineren damals auf, dass beide anfingen zu stottern, der erste auf die wiederholende, polternde Art, der zweite auf die verzögerte, gehemmte Art, bei der er die Worte nicht so recht herausbrachte. Von einem meiner älteren Brüder habe ich später erfahren, dass er beim Bauern als Siebenjähriger wieder zum Bettnässer wurde, was er natürlich nicht geheim halten konnte. Dies hätte zu zusätzlichen psychischen Belastungen durch Beschimpfungen und Verhöhnungen des Jungen auf dem Bauernhof geführt.

Er war übrigens bei einem Bauern, der sehr früh verstorben ist. Er zählte zu der nicht ganz so kleinen Schar von Bauern, die damals gerne hin und wieder ein oder zwei Gläschen deutlich über den Durst hinaus tranken. Einmal soll er sich danach im Wirtshaus so schlecht gefühlt haben, dass er nicht mehr in der Lage war, den etwa einstündigen Weg nach Hause zu gehen. Der Wirt soll ihn daraufhin kurzerhand über Nacht in seinen Heustadl "geworfen" haben, und, da er am nächsten Morgen sich immer noch nicht auf den Beinen halten konnte, wurde er in eine „Penn" gelegt und mit dem Pferd nach Hause gefahren. Das ganze spielte sich in der kalten Jahreszeit ab und war gewiss kein Fahrvergnügen für den „Fahrgast".

Die „Penn" war ein früher gebräuchliches, aus Weiden geflochtenes, großes, längliches Behältnis, stabiler als ein Korb, das zum Transport von Kartoffeln, Rüben oder anderen Dingen, manchmal auch jungen Schweinen auf dem Pferde- oder Ochsenfuhrwerk diente. Dieses Fuhrwerk hatte vier Räder, wenn eine Last bergauf zu transportieren war. Für den Transport nach unten besaß es hingegen nur vorne zwei Räder, auf denen die „Schloafen" ruhten, die mit dem anderen Ende auf dem Fuhrweg entlang geschliffen wurden. Diese „Schloafen" waren zwei nicht allzu dicke Baumstämme, die natürlich immer wieder erneuert werden mussten, da sie ständig am nachschleifenden Ende kürzer wurden. Zwischen ihnen war die Penn eingeklemmt und zusätzlich mit einem Lederstrick festgebunden. Auf diesen „Schloafen" wurde damals im Winter das Heu vom Salten, einer etwa 500 Höhenmeter oberhalb gelegenen Almwiese, in die Scheunen der Bauern rings um Jenesien gefahren. Dabei wurde über die „Schloafen" ein Geflecht aus Fichtenästen und -zweigen gelegt, auf dem das Heu als großes Fuder gestapelt und mit Hilfe eines längs darauf gelegten Baumstamms, dem Wiesbaum, an beiden Enden mit einem Lederstrick niedergebunden und, so stabilisiert, von Ochsen oder einem Haflingerpferd nach unten gezogen oder, an steilen Wegstrecken, gebremst wurde.

Meine Eltern und sechs meiner Geschwister (Edl, Elsa, Vroni, Hilda, Lina und Mena, v.l.) auf der Gartenbank vor dem Haus etwa im Jahre 1957 fotografiert, kurz bevor ich zum Bauern geschickt wurde.

Es war nicht ganz einfach für uns Kleine, so früh schon aus der gewohnten familiären Umgebung herausgerissen zu werden. Meine um zwei Jahre ältere Schwester Lina machte diese Erfahrung nur für eine relativ kurze Zeit und so hoffte ich, dass ich vielleicht zu Hause bleiben durfte. Doch eines Tages war meine Tante, die stolze Bäuerin des Remphofs, zu Besuch und ich musste beunruhigt feststellen, dass sie und meine Mutter sich über mich unterhielten, was ich schon alles zu leisten imstande wäre, und dass ich besonders im Sommer bei der Heu- und Getreideernte schon wichtige Dienste verrichten könne. Und so kam das Unvermeidliche. Wenige Tage später, die Ferien hatten gerade wie üblich Ende Juni begonnen, packte meine Mutter ein paar Kleidungsstücke in den Rucksack und begleitete mich zum Remp, jenem stattlichen Bauernhof, auf dem diese Tante, die älteste Schwester meiner Mutter, Bäuerin war. Kaum dort angekommen zeigte man mir meine Schlafstätte: ich wurde in einem mir damals groß erscheinenden Schlafzimmer mit zwei Betten und zwei kleinen Kleiderschränken im Dachgeschoß untergebracht. Diesen Schlafraum teilte ich mit dem jüngsten Sohn der Bauersleute, dem Andreas, Ander genannt. Er war damals etwa im Alter von 17 Jahren.

Bei der ersten Mahlzeit, dem Abendessen, lief für mich bereits einiges anders ab, als ich es bisher gekannt hatte. Man teilte mir ein Besteck zu, das ich fortan bei jeder Mahlzeit benutzen sollte. Jeder hatte sein eigenes Besteck, das sich irgendwie von den anderen unterschied und niemals verwechselt wurde. Damals waren die beiden ältesten Söhne, der Sepp und der Toni, sowie die jüngsten beiden Kinder, der Ander und die Cäcilia, Zille genannt, der insgesamt 13-köpfigen Familie noch am Hof und ich war erstaunt, dass die Bäuerin, aber auch die Zille beim Tischdecken alle verschiedenen Löffel, Gabeln und Messer genau zuordnen konnte. Vor dem Essen wurde ein ausführliches Tischgebet im Stehen gesprochen und nach dem Hinsetzen gab es keinen Kampf um die vermeintlich besten Stücke, so wie es zu Hause immer wieder vorkam und von meiner Mutter dann unterbunden wurde. Jeder nahm sich mit der Kelle brav der Reihe nach im Uhrzeigersinn die Suppe – zuerst allerdings bediente die Bäuerin den Bauer – und keiner suchte mit dem Schöpfer in der Suppenschüssel nach Speckresten. Die Krümel des harten Bauernbrots, die beim Abbrechen auf die sauber geputzte Eichentischplatte fielen, wurden fein säuberlich mit der Kante der rechten Hand vom Tisch auf die linke, darunter gehaltene, geöffnete Hand gestreift und mit einem Schubs dem Mund zugeführt. Verschwendung kannte man auf dem Hof nicht, obwohl es hier an nichts fehlte. Als alle fertig waren mit dem Essen und Kauen, erhob man sich und es wurde dem Herrn für die Speisen im Gebete gedankt. Aber damit war die Frömmigkeit der Remp Familie am Abend noch nicht beendet. Alle knieten sich anschließend irgendwo in der Stube hin und falteten die Hände. Ein Rosenkranz wurde gebetet. Ander kniete auf der Bank am Fensterbrett und so tat ich es ihm gleich. Das hatte den Vorteil, dass ich während des langen, eintönigen Rosenkranzgebets im Betrachten der Felder und Bäume vor dem Haus eine willkommene Ablenkung hatte. In der anschließenden Abendzeit nahm mich Ander mit ins Freie, holte ein paar Maulwurffallen aus der Werkstatt, die sich über der Waschküche befand, und suchte nach frischen Maulwurfhaufen auf der „Tummwiese", die so genannt wurde, weil sie jedes Jahr regelmäßig mit Stallmist „getummt" (gedüngt) wurde und dadurch natürlich auch zu sehr ertragreichen Heuernten führte. Der erste frische Erdhaufen wurde von Ander mit seinen kräftigen Händen weggeräumt, um das Auswurfloch zu finden. Dieses wurde mit einer kleinen Handschaufel geöffnet und die Falle in den Maulwurfgang gelegt, so, dass das arme Tierchen beim nächsten Rundgang durch seine unteririschen Gänge durch das runde Stahlgeflecht krabbeln musste und dabei durch seine unterirdischen Bagger- und Vortriebarbeiten eine tödliche Schlagfeder löste. Danach wurde das Loch wieder mit der Erde bedeckt und ein Holzstock daneben in die Erde gerammt, damit wir in den nächsten Tagen noch ausfindig machen konnten, wo wir die Fallen ausgelegt hatten. Der Sinn dieser Aktion wurde mir vom Ander auch erklärt: Das Heu Mähen auf einer Wiese voller Maulwurfhaufen ist sehr mühsam, weil die Schärfe der Sensen beim Durchziehen durch einen Erdhaufen sehr schnell verloren geht. Also versuchte man diese unterirdischen Störenfriede zu dezimieren, an ein Ausrotten war angesichts der Größe der Felder nicht zu denken.

Auf dem Weg zurück zum Bauernhaus fragte ich Ander: „Du, was moansch du, werd ich be enk (euch) iber'n Summer verdienen?" Ander war sehr rücksichtsvoll und versuchte mir möglichst schonend klar zu machen, dass ich nicht mit einem Lohn rechnen könne, so wie bei einem Erwachsenen. Genaueres konnte er mir aber nicht sagen. Er meinte, dass ich vielleicht im Herbst dann eine neue Hose und eine Jacke vom Schneider genäht bekäme, das wäre ja auch schon ganz ordentlich. Da wurde ich doch etwas traurig und dachte, wenn ich schon nicht daheim sein durfte, dann sollte ich doch etwas Geld verdienen. Aber auch ich fing damals an, wie es beim Remp üblich war, nicht alles, was einem auf dem Herzen lag, sofort auszuplaudern und tat so, als sei das für mich in Ordnung.

In dieser mir anfänglich recht fremden Familie fühlte ich mich doch schon bald etwas wohler und vor allem als Kind ernst genommen. Während die Erwachsenen die schwere Arbeit auf den Feldern verrichteten, hatte ich den von mir als wichtig erachteten Dienst, sie mit Getränken zu versorgen. Dazu wurde mir ein für die damalige Zeit typischer, blau-weiß gefärbter Tonkrug mit ca. 1,5 Liter Inhalt gezeigt, den ich von der Bäuerin, die häufig im Haus zu tun hatte, mit „Leps" aus dem Fass im Keller gefüllt bekam. „Leps" wird eine Art sehr verdünnter Wein genannt, dessen Herstellungsweise mit dem fränkischen „Leurer" vergleichbar ist. Im Gegensatz zu letzterem wird er aber aus roten Trauben gewonnen. Der abgepresste Trester wird hierzu nochmals mit Wasser versetzt und ein paar Tage stehen gelassen, wobei Restinhaltstoffe wie geringe Mengen an Alkohol, Aroma-, Farb- und Gerbstoffen entzogen werden. Nach erneutem Abpressen wird der so gewonnene schwach rot gefärbte Saft mit etwas Zucker aufgebessert und zu „Leps" vergoren. Dieses Getränk, das sich die Bergbauern alljährlich bei den weiter unten ansässigen Weinbauern in St. Georgen oder Guntschna für wenig Geld besorgten, trug ich vorsichtig im schweren Tonkrug zu den Leuten auf das Feld. Sie hielten dann mit der Arbeit inne, nahmen der Reihe nach aus dem Gefäß einen kräftigen Schluck und wischten sich dabei vorher und nachher mit den Handrücken den Mund ab. Wenn es recht heiß war und die Männer bei der Heumahd großen

Durst verspürten, reichte der eine Krug nicht ganz. „Dou mogsche nou a Mal gien, Karl!" (Da musst Du wohl noch ein Mal gehen) sagte mir dann meist Sepp, der Älteste und angehende Erbe des Hofes.

Die Feldarbeiten wurden damals noch völlig ohne den Einsatz von Maschinen durchgeführt. Das Gras wurde von Männern mit Sensen gemäht, von Frauen mit Heugabeln auf der Wiese zum Trocknen „uhgebroatet" (verteilt), nach dem Trocknen mit Rechen zusammengekehrt und mit Heugabeln auf dem Heuwagen aufgestapelt, mit dem Wiesbaum und Lederstricken festgebunden und über die Stadelbrücke vom Haflingerpferd in den Heustadel gezogen, wo es von der Tenne aus durch Umkippen des Heuwagens auf den darunter liegenden Heustock geworfen wurde. War dieser Heustock bis zur Tenne voll, dann musste das Heu mit Heugabeln auf den nach oben wachsenden Heustock befördert werden, wobei ich die Aufgabe hatte, das lockere Heu mit meinem Körpergewicht festzudrücken. Solange das Niveau des Heustocks noch unter dem der Tenne war, konnte ich durch Hinunterhüpfen diese Aufgabe erledigen, was sehr viel Spaß machte, da die Landung im frischen Heu sehr weich war.

Besonders mühevoll war die Getreideernte. Der Roggen, der Weizen, die Gerste oder der Hafer wurden mittels einer großen Sichel und eines kleinen hölzernen, "zahnlucketen" (mit weit auseinanderstehenden Zähnen) Getreiderechens von den Männern geschnitten und in Büscheln geordnet auf die Erde gelegt. Die Frauenarbeit bestand nun darin, aus diesen Getreidebüscheln Garben zu binden und diese wurden dann zum Trocknen von allen gemeinsam zu „Hocken" aufgestellt, wobei je nach Getreideart, drei oder vier Garben mit den Ähren nach oben gegeneinander gelehnt und eine Abschlussgarbe umgeknickt darauf gesetzt wurde, um bei Regen als eine Art von einfachem Reetdach zu dienen und gleichzeitig zur Stabilisierung des „Hockens" beizutragen.

Nach dem Trocknen auf den Äckern wurden die „Hocken" von den starken Männern mit der Heugabel auf den Wagen verladen und auf die Tenne gefahren, wo das Getreide zum Dreschen ausgelegt wurde. Der Dreschvorgang war eine für uns Kinder interessante Sache, einmal wegen der seltsamen Rhythmen, die sich durch die auf die Ähren einschlagenden Dreschflegel ergab, je nachdem, wie viele da zu Gange waren und ob sie im Gleichtakt oder versetzt den Flegel schwangen, zum anderen aber auch wegen der Vorgänge beim darauf folgenden Schleudern. Dabei wurde das nach dem Dreschen und Abtrennen des Strohs auf dem Tennenboden liegende Getreide in einer kompliziert anmutenden hölzernen Apparatur, der „Surbel" durch manuellen Antrieb einer Kurbel Wind erzeugt und gleichzeitig ein Gitter gerüttelt, durch das Körnergut rieselte, während die flüchtigen Anteilen vom Luftzug nach oben weggeblasen, also die Spreu vom Weizen getrennt wurde. Aus dem Scheunentor stieg dabei häufig eine dichte Staubwolke und unsere Nasen füllten anschließend die Schnäuztücher mit graugefärbtem Schleim.

Wir befanden uns in Jenesien damals noch in einer Zeit, in der die Motorisierung in der Landwirtschaft erst allmählich den Einzug hielt. Nur wenige, fortschrittliche Bauern kauften sich mit Benzinmotor angetriebene Balkenmäher, die man, hinterher laufend, an einer Gabel lenken konnte. Da war die Heumahd im Handumdrehen erledigt. Allerdings eigneten sich viele Wiesen aufgrund der Abschüssigkeit und Unebenheit nicht für dieses neue Verfahren. Andererseits beklagten viele, der neuen Technik skeptisch gegenüberstehende, Bauern, dass die Geräte zu schlampig mähten, wurde doch damals noch nach jedem Grashalm getrachtet. Aber das neue Zeitalter bahnte sich trotz des anfänglichen Widerstands langsam seinen Weg.

Eine große Beachtung fand eine Radiomeldung, die wir nach dem Mittagessen in den Nachrichten hörten. Danach hatten die Russen eine Rakete, den Sputnik, in den Weltraum geschickt und die Amerikaner somit technisch überholt.

Am 4. Oktober 1957 schickte die Sowjetunion den ersten künstlichen Erdsatelliten, Sputnik I, ins All. In der westlichen Welt löste die 83 Kilogramm schwere Metallkugel einen wahren Schock aus. Niemand im Westen hatte Zweifel daran gehegt, dass es die Amerikaner sein würden, die das prestigeträchtige Duell um den ersten Vorstoß ins Weltall gewinnen würden.

Auf wenig Beifall traf dann aber bei meinen tief katholischen Bauersleuten die etwas spöttische Bemerkung der russischen Nachrichtenagentur TASS, dass da oben kein Gott gesehen worden sei, und dass damit quasi bewiesen sei, dass der Atheismus und der Kommunismus die einzig vernünftige Weltanschauung sei, zumal sie auch in der Lage sei, die technische Vorreiterrolle in der Welt zu spielen. „Ja moanen de-i (diese) Russen, lei weil men dou aui (da hinauf) fohrt, sigg (sieht) man schun in (den) Herrgott!" sagte der alte Remp. Diese Nachricht hat also keine religiösen Zweifel aufkommen lassen und sowohl die Tischgebete als auch der allabendliche Rosenkranz wurden weiter gebetet. Alle gingen am Sonntagmorgen zur Messe und nachmittags zur Andacht in die Kirche, wie es damals im ganzen Dorf Sitte war.

Und hatte sich ein Bauer im Dorf mal mit dem Pfarrer überworfen, weil dieser ihn von der Kanzel aus wegen nicht von ihm genehmigter Sonntagsarbeit (zum Beispiel der Heuernte vor einem drohenden Gewitter) maßgeregelt hatte, dann ging jener zwar nicht mehr in die Dorfkirche, dafür nahm er aber den umständlichen Weg mit der Seilbahn nach Bozen auf sich und erfüllte dort mit dem Besuch der Sonntagsmesse und einer gelegentlichen Beichte seine Christenpflicht.

Sepp, der älteste Sohn des Remp-Bauern war gerade dabei, auf dem Hof das Sagen zu bekommen. Er war ein moderner Bauer, wie die Leute damals im Dorf feststellten, und einer der ersten, der sich eine Mähmaschine zulegte, der den Ackerbau fast komplett einstellte, um sich auf die Milchwirtschaft zu konzentrieren, der sich den teuren Kunstdünger kaufte und auf die Wiesen streute und der einen kleinen Traktor, den „Rempm-Jeep", besaß. Dieses Gefährt besaß die Eigenart, dass es als Einachser kein Lenkrad, sondern eine Lenkgabel besaß, die Sepp vom weit dahinter befestigten Schalensitz aus steuerte. Mit diesem Gefährt fuhr er täglich die am Abend vorher und in aller Herrgottsfrüh gemolkene Frischmilch vom Remp zu Bergstation der Seilbahn, wo sie dann in die Stadt hinunter befördert und dort abgeholt und verarbeitet oder verwendet wurde. Auf dem Rückweg nahm er dann frisches Brot und andere Dinge, die aus Bozen mit der Seilbahn nach Jenesien befördert wurden, mit und fuhr sie zum „Laden", einem kleinen Lebensmittelgeschäft zwischen Kirche und Unterwirt, wo sie an die Leute verkauft wurden. Einen Bäcker gab es zu jener Zeit noch nicht im Dorf. Erst viel später hat Sepp, der jüngere Sohn des Metzgers, ein Schulkollege von mir, eine Bäckerei eröffnet, nachdem er das Bäckerhandwerk erlernt hatte. Vom „Laden" aus fuhr der Rempm-Sepp dann wieder heim und war in der Regel noch vor der „Halbmittag"-Brotzeit auf dem Hof zurück. Dieser kleine Traktor imponierte uns Kindern sehr und wenn wir in den damals noch schneereichen Wintern Schlitten fuhren, befestigten wir manchmal zwei Stangen an einer vorderen Rodel, auf der der „Motor" saß, so, dass sie von dem hinteren Schlitten aus mit den Händen wie mit einer Lenkgabel gelenkt werden konnte. Wir spielten also „Rempm-Jeep".

Als erster Bauer in der weit verstreuten Berggemeinde entschloss Sepp sich, im Stallboden Fliesen verlegen zu lassen. Er hatte er auf einem der Märkte oder auf der Mustermesse in Bozen gehört, dass das eine saubere Sache bei der Viehhaltung sei. Der von den Kühen und dem Pferd erzeugte Urin flösse auf der leicht geneigten Fliesenebene schön in die vor den Tierreihen befindliche Rinne, die ihn dann in leichter Neigung hinaus in die unter dem Misthaufen liegenden Odelgrube fließen ließ. Beim Ausmisten sollte der feste Untergrund ebenfalls Vorteile haben, weil man mit der Mistgabel beim Entfernen der Kuhfladen nicht mehr im weichen Lehmboden hängen bleiben würde. Sepp war fest davon überzeugt, dass dies so stimmte, aber sein Bruder Toni, der damals auf dem Hof weilte, hatte doch arge Bedenken, ob die relativ dünnen Fliesen dem harten Auftritt der Kühe und besonders des mit Hufeisen beschlagenen Pferdes standhalten würden. Der Fliesenleger hatte gerade sein Werk im vorderen Bereich des Stalles begonnen und ich sah dem Manne bei der Tätigkeit interessiert zu, als Toni dazu kam und dem Meister die Frage stellte, ob die Platten wirklich stabil genug seien. Nachdem dieser beruhigend bejahte, stampfte Toni mit ganzer Wucht mit seinem Fuß auf eine der frisch verlegten Keramikteile, so dass diese auf dem noch weichen Mörtelbett auf die Seite rutschte, dabei aber nicht zerbrach. Der Meister korrigierte sofort den entstandenen Schaden, sichtlich stolz, dass sein Werk diesen etwas spontanen Test bestanden hatte. „ Wenn die Platten sich erst mit dem festen Mörtel verbunden hätten, wären sie noch um ein Vielfaches belastbarer! So, auf weicher Unterlage, hätten sie schon brechen können!" Meinte er, während Toni, sichtlich erstaunt aber auch beruhigt, wieder seiner Arbeit nachging.

Der Sepp war auch sonst ein auffälliger Bauer im Dorf. Bei jeder Sonntagsmesse stand er im hinteren Bereich der Kirche als Vorderster der Männerschar, die entweder keinen Platz mehr in den Kirchenbänken fanden, oder aber es vorzogen, der Messe stehend beizuwohnen. Sepp stand immer ganz vorne, der ganze Körper so stark nach vorne geneigt, dass man die Befürchtung nicht los wurde, er könne jeden Augenblick nach vorne umkippen. Das verhinderten aber seine gespreizten, langen Füße, auf denen er regungslos bis zur Erteilung der Kommunion und dann bis zum Segen stehen blieb, mit seiner überaus kräftigen Nase regungslos Richtung Altar weisend. Auffällig war auch seine kräftige, etwas nasal klingende Stimme, mit der er selbstsicher und selbst für uns Kinder in den vordersten Bänken gut hörbar, bei jedem Gebet, das während der Messe anfiel, mit als Erster einsetzte.

Der Alltag lief auf dem Bauernhof sehr geordnet ab: Sonntags gingen alle zweimal in die etwa 2 bis 3 km entfernte Kirche. Dazu trug man die beste Kleidung. Bei größeren Feiertagen gingen die Frauen „bairisch", also in der Tracht, die praktisch in jedem Dorf Tirols unterschiedlich ist. Während von unseren Männern nur die Blasmusikanten geschlossen in der Tracht auftraten, schmückten sich damals die stolzen Bäuerinnen und deren Töchter noch recht häufig mit den roten und blauen, schön um den Hals und über die Brust fallenden Tüchern, die seidig glänzten, und trugen dazu lange, wallende, dunkle Röcke, die Haare in prächtigen Zöpfen im Kreis über den Kopf gebunden und die fein gebohnerten Schuhe sauber hoch geschnürt.

Nach der Messe am Sonntagvormittag blieben die meisten Männer auf der "Schrann", so wird der Platz vor der Kirche Jenesiens genannt, stehen und unterhielten sich, tauschten die Erfahrungen der letzten Woche aus und besprachen die Pläne und Absichten der nächsten Tage. Das waren die Braveren. Die anderen drängten schnell nach dem Segen beim Unterwirt, beim Oberwirt oder beim Plattnerwirt an die Theke, um bei einem Gläschen Weißwein sich das Eine und Andere zu erzählen. Kurz vor Mittag aber leerten sich die Gasthäuser wieder in aller Regel, denn bis zwölf Uhr sollten alle wieder daheim am Mittagstisch zum Tischgebet antreten, um sich nach dem Essen wieder langsam auf den Nachmittagskirchgang vorzubereiten.

Zu einer meiner wichtigsten Aufgaben beim Remp zählte das Schuhe Putzen. Dies hatte ich jeden Montag zu erledigen. Da waren die Schuhe, die am Sonntag zum Kirchgang getragen worden waren, hinter der Eingangstür im Flur unter der Holzbank aufgereiht. Besonders nach einem verregneten Wochenende, wenn die Wege nass und der Lehm aufgeweicht waren, klebte doch arger Schmutz an ihnen. Es war meist mühsam, den angetrockneten Lehm mit der Schmutzbürste sauber zu entfernen und ein Überschmieren mit der schwarzen Schuhwichse hatte mir die Bäuerin tunlichst untersagt.

Samstags war Badetag und, da kein Bad zur Verfügung stand, wurde in einer großen verzinkten Wanne in der Waschküche gebadet. Das Wasser wurde nebenan im Waschkessel über einem Holzfeuer erwärmt und dann mit einem Eimer in die Badewanne gegossen und mit kaltem Wasser aus der Leitung auf eine angenehme Temperatur eingestellt. Das war eine tolle Sache, die ich von zu Hause nicht kannte. Dort hat sich niemand gebadet, weil es keine Möglichkeit dazu gab. Die Körperreinigung erfolgte daheim nur mit dem Wasser aus einer großen Schüssel, dürftig mithilfe eines Waschlappens in der Küche, der einzigen Stelle im Haus, außer der Waschküche im Keller, in der Wasser zur Verfügung stand. Was war das nun in der Wanne für ein wohliges Gefühl im warmen Wasser, fast schwerelos liegend, ohne Angst unterzugehen!

Die Mahlzeiten wurden immer in der großen Bauernstube zu gleichen Zeiten und sehr pünktlich eingenommen: Um sechs Uhr morgens das Frühstück bestehend aus selbst gebrannten Gerstenmalzkaffee mit Milch und gebrochenem harten Bauernfladenbrot aus Roggenmehl. Dieses Brot gab es dann wieder zusammen mit Pellkartoffeln um neun Uhr zur „Halbmittag" mit meist sehr fettem Speck, freitags wegen des Fastentags allerdings Käse. "Halbmettougn gi-ehn!" wurden wir von der Bäuerin gerufen und ihre langgezogenen Laute wurden auch noch weit draußen auf dem Feld vernommen. Um zwölf Uhr wurden zum Mittagessen – „Mettougn gi-ehn"! War der breite Ruf der Bäuerin – Speckknödel serviert, die man, meist nach einer Suppe, zusammen mit grünem oder Krautsalat aß. Um vier Uhr nachmittags zur Marende –„Merrennen gi-ehn"! klang es ebenso breit – gab es dann wieder den gewohnten Kaffee, meist wieder mit den harten Bauernbrotbrocken, die nur nach dem Einweichen kaubar waren, sonntags aber mit einem herrlichen Stück Gugelhupf. Abends so zwischen sieben und acht Uhr, je nachdem wie es sich aus der Arbeit und der jahreszeitlichen Helligkeit ergab, wurde zum Abendessen, „Nachbldn giehn", gerufen. Da gab es meistens eine Gerstensuppe, in der die Schwarten und Reste vom Speck weich gekocht waren, und danach geröstete Kartoffeln mit etwas Rindfleisch und Zwiebeln, das „Gräaschtle" (Geröstel). Freitags wurden natürlich alle Zutaten, die irgendwie mit Fleisch zu tun hatten, strengstens gemieden. Vor allen Mahlzeiten wurde, wie auch bei uns zu Hause „zui-" (hin) und nach den Essen "fuder-" (weg) gebetet.

Abfall gab es auf dem Bauernhof praktisch keinen. Deshalb stand auch nirgendwo ein Abfalleimer. Das wenige Verpackungspapier wurde meist zum Feuer Anzünden verwendet, Zeitungspapier wurde mit der Schere so etwa auf DIN A 5 Größe geschnitten und diente als Toilettenpapier.

Essensreste wurden zum Schweinefutter gemischt, Abfallknochen mit dem Hammer zerschlagen und den Hühnern angeboten. Diese Arbeit wurde mir angetragen. Das war ein Spaß! Ich hatte noch nicht den ersten Knochen auf einem eigens dafür bereitstehenden großen Stein zum Zerschlagen zurechtgelegt, da stürmten die Hühner auch schon eilends gackernd herbei und näherten sich meiner Aktion so sehr, dass ich aufpassen musste, kein Tier mit dem Hammer zu erwischen. Die Bäuerin sagte, die Hennen mögen die zerkleinerten Knochen deshalb so gerne, weil sie viel Kalk bräuchten, um Eier mit schönen, festen Schalen legen zu können.

Da der Remp ein großer Bauer war, hielt er sich einen Zuchtstier. Andere, kleinere Bauern hatten keinen Stier im Stall und mussten zum Decken mit ihren Kühen, wenn sie heiß waren, zu unserem Stier kommen. Dafür gab es vor dem Stall eine Vorrichtung, in die die Kühe hineingeführt und am Hals fixiert wurden. Der Stier bestieg dann von hinten die Kuh, die nicht ausweichen konnte. Immer wenn eine Kuh zu unserem Stier geführt wurde, wurde ich mit irgendeinem Auftrag vom Haus weggeschickt. Einmal aber nur zum Holzholen in die Holzhütte, die etwas oberhalb der Deckstelle stand, in der Hoffnung, dass der tierische Liebesakt vorbei sei, bis ich mit dem vollen Korb zurückkäme. Dem war auch so. Allerdings war in der Holzhütte ein kleines Fenster, an das die Bäuerin offensichtlich nicht gedacht hatte. Und so sah ich, wohl verbotener Weise, wie der mächtige Stier mit einer Stange am Nasenring aus dem Stall geführt wurde, hinten an der Kuh herum roch und dann zügig seine Pflicht erfüllte, ähnlich flott, wie der Hahn es täglich mit den Hennen trieb. Ich trug dann den mit Holzscheiten gefüllten Korb in die Küche, schüttete ihn in die Holzkiste neben dem Herd und tat so, als ob nichts geschehen sei.

In jener Zeit, ich war gute acht Jahre alt, fielen mir die letzten Milchzähne aus. Es waren die oberen Schneidezähne, die bei Kindern in diesem Alter irgendwann fehlen, was ja nicht zu übersehen ist. Da man auf dem Bauernhof immer den Vergleich von Mensch und Tier anstellte, sagte man mir, ich hätte das „Brüchl", das ist die Zeit, in der die heranwachsenden Kälber die ersten Zähne verlieren und neue ansetzen, ein eindeutiges Merkmal für die Bestimmung des Alters der Tiere, wenn auf dem Viehmarkt um den Preis gefeilscht wurde. Meine nachwachsenden Schneidezähne hatten wohl zu lange gegen die Vorgänger ankämpfen müssen und wurden dabei abgelenkt. Jedenfalls wuchsen sie schräg nach innen. Dies wurde von der Bäuerin entdeckt und sie riet mir, sie mit dem Daumen häufig nach vorne zu drücken, das würde sie nach und nach in die richtige Richtung lenken. Ein bisschen mag dieses Verfahren geholfen haben, aber ganz konnte die Fehlstellung meiner Zähne dadurch nicht verhindert werden, so dass ich fortan mit einem sogenannten Kreuzbiss leben und kauen musste und muss.

Da ich gleich nach Schulende, das damals noch Mitte Juni war, meinen Dienst beim Bauern angetreten hatte, war die Zeit nicht fern, in der die Rinder, die keine Milch gaben, auf die Almen geführt wurden und dort bis Ende August auf der Weide waren. Mein Bauer hatte noch ein einjähriges Kalb, das aus dem Stall auf eine kleine Alm gebracht werden sollte. Der Eigentümer dieser Bergwiese, „Hollertohl" genannt, war der Schwiegersohn meiner Bauersleute. Uns so machten wir, der Ander und ich, uns mit dem Kalb auf den langen Weg. Das Tier wurde mit einem Seil am Hals von ihm geführt. Ich folgte hinterher. Mit einem Stock ausgerüstet waren wir beide, der Ander, um es vorne abzuwehren, wenn es übermütig wurde, ich, um es hinten anzutreiben, wenn es mal keine Lust mehr zum Laufen hatte. Nach etwa zwei, drei Stunden sagte Ander, dass es nun nicht mehr allzu weit sei, band das Kalb an einen kleinen Baum nahe einem Wassertrog, nahm seinen Rucksack ab und fing an mit seinem stets bei sich getragenem Taschenmesser von einem Stück Speck uns kleine Scheiben abzuschneiden und auf das Papier zu legen, in dem der Speck eingepackt war. Dann holte er noch ein Fladenbrot heraus und brach mir und sich ein Stück davon ab. Wir setzten uns dann auf den Rasen und genossen die Stärkung. Als Getränk stand uns das Quellwasser, das in das Wassertrog floss, zur Verfügung. Als ich mich während der Brotzeit umsah, staunte ich nicht schlecht. Alle Berge der Dolomitenkette, die uns die Lehrerin in der Schule erklärt hatte, sahen auf einmal ganz anders aus: Der große klobige Schlern, das Wahrzeichen Südtirols, und die Santner- und die Euringerspitze waren auf einmal bedeutend niedriger als die hinter ihnen in den Himmel ragenden Berge wie der Kesselkogel oder der Rosengarten. Die Seiser Alm war gut zu erkennen vor den stolzen Spitzen des Lang- und Plattkofels, und auch der Sellastock blickte nun deutlich erhöht dahinter heraus. Ander erklärte mir, dass dies damit zusammenhänge, dass wir uns in deutlich höheren Regionen befänden und so über die etwas niedrigeren Berge hinweg zu den höheren schauen könnten.

Nach der kurzen, wohltuenden Rast machten wir uns mit unserem Kalb weiter auf den Weg und erreichten schließlich die Alm. Der Hirte begrüßte uns, erkundigte sich nach unserem Wohlergehen und was es so draußen auf der Welt gäbe und bot uns "Kübelmilch" (Buttermilch) an. Das war ein kühles Labsal, dieses wässrig saure Getränk, das noch nach frischer Butter roch. Vielmehr konnte er uns nicht anbieten, er lebte wohl selber sehr karg während der Sommermonate in der kleinen Almhütte. Das hatte Ander wohl schon gewusst und hatte mit seinem Proviant im Rucksack keine Not aufkommen lassen. Der Heimweg, der ohne Kalb und meist leicht abwärts verlief, ist mir nicht in Erinnerung geblieben, war wohl weniger interessant und wurde von mir offensichtlich auch konditionell gut verkraftet.

Ander, er war damals so 17 oder 18 Jahre alt, hatte eine phänomenale Kondition! Einmal erschien er am späten Sonntag – wir waren noch nicht zum Abendessen gerufen worden – stolz mit einem Büschel von Edelweißblumen in der Hand auf der Weide vor dem Bauernhof, so als hätte er sie hundert Meter weiter hinten auf der Wiese gefunden. Er trug die grob genähten Schuhe mit der schwarzen Gummisohle und seinen Rucksack auf dem Buckel. Einem Nachbarmädchen, das zufällig seiner Schwester Zille nach der Nachmittagsandacht einen Besuch abstattete, bot er an, sich die drei schönsten Sterne auszusuchen und mit nach Hause zu nehmen. Ich wurde innerlich schon etwas unruhig, ob ich denn auch eines bekäme. Da bot er mir auch schon an, dass ich mir ein Edelweiß aus seinem Sträußlein nehmen solle. Ich hatte diese Blume vorher nur auf Bildern gesehen, wie zum Beispiel vor Wahlen auf den Wahlplakaten der Südtiroler Volkspartei. Wie aber kam Ander zu diesen seltenen Blumen?

Ander war beim Morgengrauen aufgestanden und vom Remphof, der auf etwa 1200 m Höhe liegt, nach Flaas, einem ca. 8 km entfernten, auf 1350 Höhenmetern liegenden Bergdorf gelaufen, um dort der Frühmesse um sechs Uhr morgens beizuwohnen. Nach dieser christlichen Zwangspause von gut 30 Minuten ging er dann weiter über die Strichwiesen und das Auenjoch in Richtung Ifinger, dem Hausberg Merans. Dort angekommen stieg er dem Gipfel zu, ohne ihn ganz zu erklimmen. Vor dem Ende der steil ansteigende Gebirgswiesen und noch vor dem Einstieg in die felsige Region des Berges fand er die Edelweise, pflückte sie und machte kehrt. Die genaue Länge der einfachen Wegstrecke kann ich nur abschätzen: es dürfte sich um eine Strecke von mindestens 2 mal 20 km gehandelt haben, die der rüstige Bursche zurückgelegt hatte. Dazu kam noch der Teilaufstieg von der Kirchsteigeralm, dem heutigen Skigebiet Meran 2000, auf den Ifinger (2581m) in eine Höhe von etwa 2300 Metern, also insgesamt eine Höhendifferenz von über 1000 m. Das alles hat er ohne vorheriges Training gemeistert, anders als es bei heutigen Spitzensportlern vor Gebirgsläufen üblich ist. Er hatte im Gegenteil die ganze Woche davor und natürlich auch danach die schwere Arbeit auf dem Hof verrichtet. Eine erstaunliche Wanderleistung, aber an lange Fußmärsche waren sehr viele Leute in der damaligen Zeit noch gewöhnt.

Der Remphof etwa im Jahr 2000 fotografiert

Blick vom Auenjoch zum Ifinger (linke Spitze), etwa das letzte Drittel der Wegstrecke, die Ander vom Remp aus zurückgelegt hat, um Edelweiße zu pflücken.

Wenn starker Regen fiel und die Arbeit auf den Feldern eingestellt wurde, machte sich Ander auf die Pilzsuche im eigenen Wald, „Rempm Pichl" genannt, und nahm mich mit. Dazu stülpte er sich und mir je einen Kartoffelsack an einer

Ecke so ein, dass er wie ein Kaputzenmantel ohne Ärmel auf den Kopf gesetzt werden konnte. Der über den Rücken fallende restliche Teil des Sackes schützte dann für einige Zeit vor der Regennässe. Die scherte uns anfangs nicht, denn wir kamen bald zu guten Pilzplätzen, die Ander kannte und die uns gelb durch den dunklen Fichtenwald entgegen leuchteten. Ich war ganz aufgeregt und damit beschäftigt, die schönen Pfifferlinge einzusammeln. Mein Körbchen war schon bodenbedeckt mit den köstlichen Pilzen als ich in Anders Gefäß sah: da war sein deutlich größerer Korb nicht nur schon fast halb voll, sondern die Pilze waren auch noch fein säuberlich geputzt und nicht so von Erde, Moos und Fichtennadeln verunreinigt wie bei mir. Er erklärte mir, dass er immer die Pilze gleich mit seinem Taschenmesser säubere, damit sie sich über die abgeschnittenen Reste für nächstes Jahr neu aussähen und vermehren können. Im Nu waren die Körbe voll und wir merkten erst auf dem Heimweg, wie die Nässe inzwischen trotz unserer Kapuziner Ausrüstung bis an die Schulterhaut durchgedrungen waren. Um uns keine Erkältung zu holen, wechselten wir sogleich die Hemden. Dann bat er die seine Schwester Zille: „Tasch du ins bittschien morgen affn Somstimarkt insere Pfifferling verkafn? (Würdest du uns bitteschön morgen auf dem Samstagsmarkt unsere Pfifferlinge verkaufen?). Zille hatte nämlich geplant, auf den Bozner Samstagsmarkt zu gehen, um dort einen Korb voll Eier und etwas Salat zu verkaufen. Unsere Pilze nahm sie mit und verkaufte sie mühelos an die pilzvernarrten Italiener in der Stadt. Als sie zurückkam, überreichte sie uns den Erlös. Es waren 250 Lire, die ich nun stolz mein eigen nennen durfte, hatte ich doch das erste Mal im Leben eigenes Geld verdient!

Im Spätsommer, wenn die gröbste Arbeit auf dem Hof erledigt, das Heu im Stadel und das Getreide gedroschen war, kam die Saltenwiese an die Reihe. Der Salten ist eine deutlich höher gelegene Hochebene, auf der fast jeder Bauer im

Dorf eine Wiese besaß. Aufgrund der späteren Vegetationsperiode in dieser Höhe fand die erste und einzige Heumahd erst etwa Mitte des Monats Juli statt. Etwa 3 Wochen später diente das gesamte, damals noch nicht mit Zäunen unterteilte Areal, als gemeinsame Weide für Rinder oder Pferde, deren genaue Anzahl sich aus der Größe der jeweiligen Saltenwiese berechnete.

Noch bevor die Saltenwoche begann, sollte Ander das "Schupfenlager" mähen, also eine geringe Menge Gras um die Saltenscheune, Schupfe genannt, herum mähen, ausbreiten, trocknen lassen und dann in die Schupfe einbringen, wo es während der anstehenden Arbeiten als erstes Nachtlager für alle diente. Ich durfte ihn dabei begleiten. Ausgerüstet mit seiner Sense, die er über der Schulter trug, dem Wetzstein und dem Kumpf, einem um die Hüfte gebundenen spitzen Holzbehälter, in dem der Wetzstein im Wasser steckte, und seinem Rucksack auf dem Buckel gingen wir nach dem Frühstück los. Nach etwa einer Stunde erreichten wir den Rempm-Salten und Ander erklärte mir, wo die Grenzen dieser Wiese, wo die Wasserquelle, die „Küche", eine überdachte Kochstelle mit einer am Boden befindlichen Feuerstelle, von drei großen Steinen eingefasst, und wo sich das Klo befand, ein kleiner Holzverschlag an einer der vielen mächtigen Salten-Lärchen. Wir tranken kurz von dem Quellwasser, das in der Nähe der Schupfe ein Viehtrog speiste, und er legte gleich los. Das Gras auf dieser Wiese, das er zu mähen begann, war ganz anders als das in den fetten Wiesen unten am Hof. Es war nicht so hoch und bestand aus anderen, duftenden Kräutern. Meine Aufgabe bestand nun darin, hinter ihm das Gras, mit einem Holzrechen, von denen noch zwei in der Schupfe an der Wand hingen, zusammen zu rechen und in schmalen Strängen, möglichst entfernt von den Schatten werfenden Lärchen, zu verteilen, damit es schnell trocknen konnte. Für eine ganzflächige Verteilung reichte schlicht die Menge an Gras nicht aus. „So", sagte Ander nach etwa zwei Stunden, „des müaßat reichn!" und half mir noch beim Ausbreiten des restlichen Grases. Wir machten daraufhin eine Brotzeit im Freien mit Speck und dem harten Bauernbrot, tranken nochmals vom frischen Quellwasser und machten uns auf den Heimweg. Das Wetter war gut und so konnten wir hoffen, das gemähte Gras als Lagerheu bereits am nächsten Tag in die Schupfe einzulagern.

So sahen die Toiletten (Haisler) auf dem Salten damals aus, rechts ist als Begrenzung die Rinde eines Lärchenstamms zu erkennen

So gegen fünf, halb sechs brachen wir dann alle auf zur „Saltenwoche". Nur Sepp und die alten Bauersleute blieben zurück. Er musste ja weiterhin die Kühe im Stall versorgen, melken und die Milch zur Seilbahnstation liefern. Die zwei Frauen trugen in ihren Rucksäcken und Körben Geschirr, Besteck, Speck, Brot, Salat, Gewürze und alles, was sie zum Kochen für die Woche benötigten. Ander trug seinen Rucksack auf dem Buckel, in dem wohl neben Anderem eine Doppelliterflasche voll Leps verstaut war, und führte die Kuh an einem Seil. Ich folgte ihm und ihr mit einem Stock in der Hand, um sie notfalls anzutreiben. So gegen sieben Uhr erreichten wir die Saltenwiese. Die Männer löschten erst den Durst am kühlen Quellwasser. Nachdem die Kuh ebenfalls getrunken und dabei die Wasserhöhe im Trog um einige Zentimeter gesenkt hatte, band sie Ander im Stall, der unter der Schupfe den Tieren bei Nacht und Unwetter als Unterschlupf diente, an und gab ihr einen großen Arm voll frisch gemähtem Gras. Dann machten sich die Männer an die Arbeit, das Grasmähen. Dort, wo Ander am Tag vorher aufgehört hatte, begann der erste Mäher die Sense zu schwingen, der zweite und dritte folgten in sicherem Abstand. Wie schön klang das Wetzen der „Segnessn" (Sensen), das die Männer abwechselnd, der eine mit dem Sensenblatt nach oben, der andere nach unten, vollzog! Bis die Frauen ihre Gerätschaften in der offenen Küche und der Scheune eingerichtet hatten, waren die Mäher schon weit draußen auf der Wiese und viel noch nicht in Strängen zusammengerechtes Gras wartete auf die beiden Schwestern von Ander und auf mich. So verging der Tag im Nu. So gegen halb zwölf machten sich die beiden Frauen ans Kochen. Es gab natürlich wieder Semmelknödel in der warmen Knödelsuppe und danach noch einen oder zwei Speckknödel mit Salat. Wie schmeckte das alles hier oben in freier Natur! Die Männer beschäftigen sich anschließend mit der Dengelarbeit und machten sich wieder ans Mähen. Von den anderen Wiesen schallte anschließend noch das gleichmäßige, metallisch klingende Klopfen der Mäher über die Höhen und ebbte langsam ab. Erst am zweiten Nachmittag wurden die Mäharbeiten von der Heuernte unterbrochen. Dazu wurden die Heustränge kurz vor dem Mittagessen mit Rechen gewendet, damit das noch nicht ganz ausgetrocknete Heu auch von der Unterseite Sonne und Luft bekam. Am Nachmittag wurde es dann zuerst in einer langen Reihe zusammengerecht und von zwei starken Männern mit den Gabeln zusammen geschoben und in die Schupfe geworfen, wo es uns als neues, nun weicheres Lager für die Nacht diente. Das Schlafen im Saltenheu war recht angenehm. Jeder hatte ein Laken, das er auf das Heu legte. Mit einem zweiten Leinentuch deckte man sich zu, wobei eine gehörige Schicht Heu darauf für eine wohlige Wärme sorgte. Vor dem Einschlafen erzählte man sich die eine oder andere Geschichte, die sich irgendwo zugetragen hatte. Dabei wurden gerne recht lustige Begebenheiten berichtet, wie zum Beispiel von einer Heuernte, wo ein Knecht einen Ochsen auf den Heuschober führte, um ihn zu verdichten. Dass dabei das Niveau des Heus aber derart abnahm, dass er den Ochsen fast nicht mehr auf die Tenne bekam, hatte er vorher nicht bedacht. Die Mädchen waren im heiratsfähigen Alter und erkundigten sich so beiläufig wie möglich nach den für sie in Frage kommenden Burschen. Diese Themen interessierten mich dann aber meist nicht sehr und ich schlief relativ schnell ein.

Früh morgens wurde ich, und ich glaube auch die anderen, von der Kälte geweckt, die über Nacht klammheimlich ins Heu gekrochen war, nachdem es beim Schlafenlegen noch recht warm zu sein geschienen hatte. Vollends munter wurde man aber spätestens nach der Morgentoilette, die im möglichst raschen Benetzen des Gesichts mit ein, zwei Händen voll eiskaltem Quellwasser und dem sofortigen Abtrocknen mit einem Handtuch bestand. Dann gab es oft die frisch gemolkene, noch euterwarme Kuhmilch in einer großen weißblau emaillierten Blechtasse, in die die harten Bauernbrotbrocken getaucht wurden, bis sie einigermaßen weich waren. Was war dieses Frühstück für ein Genuss! Wie köstlich schmeckte diese würzige Milch schon ein, zwei Tage nachdem die Kuh mit dem kräuterreichen Saltengras gefüttert worden war!

Es war eine andere Welt, diese Woche am Salten. Kein Radio, das uns nach jedem Mittagessen Nachrichten und Wetterbericht lieferte, kein Strom, kein Glockengeläut, kein Stadtlicht, das nachts aus dem Talkessel hoch leuchtete und so den Blick auf das mit unendlich vielen Sternen bespickten Firmament behinderte. Wir waren nur wir. Kontakte zu den Nachbar-Saltnern, die sich die gleiche Zeit für diese Arbeit ausgesucht hatten, bestanden praktisch nicht, weil jeder nach der schweren Arbeit abends ermüdet ins Bett fiel. Abwechslung im Tagesablauf gab es immer, wenn uns ein Unwetter in die Scheune trieb. Aber auch wenn einer der Mäher mich zu sich rief, weil er vor sich eine Stelle, meist bei Baumstümpfen, erblickt hatte, an der rote Walderdbeeren leuchteten und dufteten, die ich dann genießen durfte.

Normalerweise, wenn das Wetter einigermaßen mitspielte, war nach einer Woche die Saltenwiese in der „Schupf", wie man zu sagen pflegte. Dann wurde wieder alles so hergerichtet, wie wir es am ersten Tag angetroffen hatten und hinunter "geplündert", so nannte und nennt man in Südtirol das Umziehen mit dem Hausrat. Zurück im Bauernhof erwarteten uns Sepp und die alten Bauersleute. Nachdem die Kuh bei ihren Stallgenossinnen angebunden und alles Werkzeug und Gerät wieder an seinem Ort verstaut war, badeten sich alle der Reihe nach in der Waschküche, damit man für das bevorstehende Kirchengehen am darauf folgenden Sonntag nicht mehr verschwitzt war und sauber aussah.

Der alte Remp war ein auf mich sehr ruhig wirkender Mann, so um die Mitte sechzig. Er ließ sich nicht so schnell aus der Bahn werfen und war der konservative Gegenpol zu

Sepp, der sein Nachfolger am Hofe wurde. Die Übergabe war wohl schon mehr oder weniger erfolgt, aber er mischte sich immer wieder ein, wenn Entscheidungen anstanden und bremste dabei den zu forschen Vorstoß in das moderne, maschinelle Zeitalter auf dem Hofe, den Sepp anstrebte.

Während der Mussolini-Diktatur, als ein Fanatiker namens Tolomei alle deutschen, also nahezu alle Namen in Südtirol zu italienisieren versuchte, kam eine kleine Abordnung von italienischen Beamten und wollte auf das Eck seines Bauernhauses den übersetzten, neuen Hofnamen „Ramponi" anbringen. Da soll der Remp ziemlich aufgebracht gewesen und dazwischen gefahren sein, das neue Hausschild mit dem italienischen Hofnamen heruntergerissen und es denen nachgeschmissen haben. „I bin der Remp und do isch beim Remp!!! Ramponi kennen mir net!" soll er zornentbrannt den verdutzten Leuten nachgeschrien haben. Interessanter Weise wurde damals, also vor dem großen Krieg, auch versucht, alle Familiennamen zu italienisieren. So wurde mein Vater, Alois Schönafinger, plötzlich zum Luigi Bellavigna, eine Kontraktion von bella = schön und Avigna. Dies war und ist der italienisierte Ortsname von Afing. Mein Onkel Karl, ein Bruder meiner Mutter, der mir diese Begebenheiten im hohen Alter von 91 Jahren erzählte, schmunzelte, als er berichtete, dass er, Karl Wieser, damals Carlo Prato hätte heißen sollen. Na ja, dank einiger Standhafter, wie es der alte Remp war, ist es dann doch nicht ganz so schlimm gekommen, wie man während der Faschistendiktatur befürchten musste.

Kurz nach dem Ende des 2. Weltkriegs, in dem der Rempm Bauer übrigens seinen ältesten Sohn Johann in Rußland verlor, und aus dem sein Zweitältester, der oben erwähnte Sepp, trotz einer Gefangenschaft in Rußland, in der er schwer Hunger leiden musste und nur durch Verzehr von Gras und schließlich von Wurzeln überleben konnte, zurückkehrte, kamen wieder einmal Beamte, nur gebrochen deutsch sprechend, zum Remp und zeigten ihm eine Pflanze, die wohl als Rauschgift verwendet wurde. Offensichtlich vermuteten sie, dass sie irgendwo in Jenesien, verbotener Weise, angebaut wurde. Sie fragten den Bauer, ob er diese Pflanzen auf seinem Hof angepflanzt habe. Er verneinte und da sie ihm glaubten und er wohl der letzte Bauer war, den sie befragen wollten, warfen sie die Pflanzen auf den Misthaufen. Da wurde der Remp wütend und sagte: „Nehmt lei wiedr mit, was ess do hergebracht habt! Enkern (euern) Dreck brauch i net a mol af mein Mischthaufn!".

Ander habe ich viele Jahre später hin und wieder im Dorf getroffen, als ich bereits in München studierte und während der Semesterferien mal kurz nach Hause kam. Wir unterhielten uns über dies und das, was wir damals auf dem Hof so erlebt hatten und kamen auch mal auf die unterschiedlichen wirtschaftlichen Bedingungen im Vergleich mit Deutschland zu sprechen. Dabei pries ich die hohen Löhne und Gehälter jenseits des Brenners und redete die Verhältnisse in Südtirol und Italien schlecht. Er hörte mir eine Zeitlang zu und sagte dann nur: „Werd' sein! Werd' sein!" Da ging ein Ruck durch mich und ich hielt sofort inne. Hatte er doch damit in seiner unnachahmlichen Art zum Ausdruck gebracht, dass erstens nicht jeder das Glück hat und hatte, in Deutschland studieren oder arbeiten zu können. Zweitens legten diese zwei Worte mir nahe, dass Südtirol, würden viele nach Deutschland auswandern, zum Teil entvölkert oder von Italienern besiedelt würde und so unsere schöne Heimat mit ihren Eigenarten nicht erhalten werden könne. Sie verdankt ihre weitere Existenz denjenigen, die nicht nur materialistisch dachten und denken und unter schlechteren Bedingungen daheim geblieben sind. Ich hatte danach ein etwas schlechtes Gewissen und dachte an die fürchterliche Zeit der „Option", in der die beiden Diktatoren nördlich und südlich der Alpen sich darauf einigten, dass die Südtiroler entweder Italiener werden oder ihr Land verlassen sollten.

Im Jahr 1939 schlossen Hitler und Mussolini ein Abkommen zur Umsiedlung der deutschen und der ladinischen Bevölkerung in Südtirol. Den etwa 250.000 deutschsprachigen Südtirolern und Ladinern (80% der Wohnbevölkerung) wurde die Auswanderung ins deutsche Reichsgebiet nahe gelegt. Wer in Italien verbleiben wollte, musste die Italienisierung (mit Aufgabe der eigenen Kultur und Muttersprache) in Kauf nehmen, die schon seit Anfang der 1920er Jahre gegen den Widerstand der Bevölkerung durchgeführt wurde. Damit wurde die Hoffnung vieler Südtiroler auf Wiedervereinigung mit dem österreichisch gebliebenen Nord- und Ostteil von Tirol begraben, die sich 1938 nach dem Anschluss Österreichs an das Deutsche Reich verstärkt hatte. Die Pläne zur Umsiedlung verursachten zunächst eine Welle der Empörung. Der „Deutsche Verband" und der „Völkische Kampfring Südtirols" (VKS) trafen sich in Bozen unter Führung von Michael Gamper und beschlossen, die Heimat keinesfalls zu verlassen. Doch der VKS schwenkte bald auf die Linie der Nazis um und propagierte die Option als bessere Lösung, worauf ein Propagandakrieg entflammte mit Flugblättern, Kettenbriefen und Schmähschriften, der unser kleines Volk tief entzweite.

Die schwierige Wahl zwischen unfreiwilliger Auswanderung in ein fremdes Gebiet – die Rede war von Galizien, polnischen Bauernhöfen, später auch von Burgund und der Krim – und dem Verlust fundamentaler Bürgerrechte löste heftigen Streit quer durch viele Familien aus. Ausschlaggebend aber war durch ein vom Reichspropagandaminister Joseph Goebbels lanciertes Gerücht, dass die „Dableiber" nach Sizilien, auf jeden Fall aber südlich des Po ausgesiedelt würden. Erst als schon Zehntausende ausgewandert waren, sicherte Mussolini nach wirtschaftlichen Überlegungen im März den Italien-Optanten zu, dass sie in Südtirol bleiben könnten. Etwa 85% der Südtiroler entschieden sich für die

Umsiedlung ins Reich, womit weder die italienischen Faschisten noch Hitler gerechnet hatten. Tatsächlich ausgewandert sind bis zum Sturz des Diktators Mussolini nur rund 75.000 Personen, vorwiegend aus ärmeren Familien. Viele davon sind nach Ende des, Gott sei Dank, nicht tausendjährigen Reichs wieder in die Heimat zurückgekehrt.

Zur „Rempm" Familie habe ich vor einiger Zeit – ich glaube es war im Jahre 2006 – im Dorfblatt der Gemeinde Jenesien gelesen, dass alle der 11 „Kinder" noch am Leben sind. Sie feierten zusammen den 800. Geburtstag! Sind das die Gene oder war es die schlichte Lebensweise auf dem Hof?

4. Nachbarn und Verwandte

An unser Haus grenzten im Nordosten ein steiles Waldgrundstück und daran die kleine Wiese und das Haus des kleinen Loachhofs mit seinen Nebengebäuden. Im Norden befand sich die Tagglwiese, die zum ebenso kleinen Tagglhof gehörte, der im Südwesten unseres Hauses lag. Über sie pfiff im Winter manchmal der eiskalte Nordwind und blies den Schnee an die Böschung zu unserem Weg, der dadurch fast nicht mehr passierbar war. Der Schneiderbauer, dessen bereits erwachsener Sohn mein Firmpate war und der, wie der Taggl, in einem großen Gemüsegarten hauptsächlich Salat aber auch anderes Gemüsearten, wie Karotten, Spinat oder rote Beete, anbaute und es am Bozner Samstagsmarkt verkaufte, schloss sich im Westen an. Im Süden war der Traindlerbauer, der einzige Bauer in unserer Nachbarschaft, der aufgrund seiner größeren Felder von dem Ertrag seiner Tätigkeit als Bergbauer leben konnte. Im Südosten, sehr dicht an unserem Haus, waren die stark abfallenden Wiesen des Ebenbinderhofs. Hier war der „Binder-Vetter", wie wir ihn, den Bruder meiner Mutter, nannten, der Bauer. Er besaß einen relativ kleinen Hof mit ein, zwei Rindern im Stall, von denen man nicht leben konnte. Deshalb war der Binder-Vetter als Hilfsförster in der Gemeinde tätig und er erledigte die kleine Landwirtschaft nebenberuflich.

Die Stelle des Försters hatte, wie damals bei fast allen öffentlichen Stellen in Südtirol üblich, ein Italiener erhalten, der aber als Zugereister bei seiner Tätigkeit entscheidend von der Ortskenntnis des Binder-Vetters abhängig war. Nur dieser kannte alle Bauern mehr oder weniger persönlich, konnte die weitverstreuten Wälder Jenesiens den einzelnen Gehöften zuordnen und fungierte außerdem als Dolmetscher, da er einigermaßen ausreichende italienische Sprachkenntnisse besaß, um zwischen den in aller Regel nur deutsch sprechenden Bauern und dem nur italienisch sprechenden Chef zu vermitteln. Beeindruckend für uns Kinder war immer wieder die schnelle Gangart dieses Nachbarn. Er hatte häufig weite Fußmärsche zurückzulegen und sie führten fast alle über den Weg vor unserem Haus vorbei, so dass uns seine langen Schritte über das grobe Natursteinpflaster nicht verborgen blieben. Wenn sonntags die „Pittertscholer"-Bauern diesen Weg in Richtung Kirche gingen, war das eine ganz andere Gangart: langsam, mit dem Oberkörper bei jedem Schritt nach vorne wippend, aber stetig, gingen sie fleißig ihren religiösen Verpflichtungen nach. Dagegen lief der Hilfsförster so schnell wie ein Pferd im Vergleich mit einem Ochsen. Er führte seine Arbeit bis ins hohe Alter in diesem flotten Stil durch.

Der Loachhof, oder das „Loachgüetl", wie man es nannte, bestand aus einem Haus, einem Nebengebäude mit kleinem Viehstall und einer kleinen, steilen Wiese, die wohl ausreichend Futter für ein paar Ziegen gebracht hätte. Dieser Nachbar besaß aber keine mehr, da er bei der Seilbahn als Schaffner eine Anstellung bekommen hatte und nicht mehr auf die eigene Produktion von Ziegenmilch angewiesen war. Er besaß außerdem das Wasserrecht für einen kleinen Brunnen, dem „Loach-Ziggl", der zwischen unserem Grundstück und dem Weg unter der vom Vater erbauten, hohen Natursteinmauer lag und der in früheren Zeiten wohl die einzige Wasserquelle für das kleine Gehöft darstellte. Er bestand aus einem etwa 2 Meter tief in die Erde reichenden und etwa ebenso breiten Loch, das rundum mit Natursteinmauern und nach oben von einem Natursteingewölbe eingefasst war und so dem Druck der darüber liegenden Gartenerde standhielt. Der Eingang, der sich auf der Höhe des Weges befand, war mit einer Holztür verschlossen. Seit der Versorgung aller Nachbarn mit Gemeindewasser wurde dieser Loach-Ziggl nicht mehr genutzt und die Tür war schon von wilden Brombeerhecken umrankt.

Nur einmal wurde meines Wissens Wasser aus dem Brunnen entnommen. Das wurde mit den gängigen, verzinkten Blecheimern durchgeführt, die an Seilen gebunden waren. Nach dem Eintauchen in den Brunnen wurden sie dann, gefüllt mit Wasser, vom Weg ausgehend auf die Höhe unseres Gemüsegartens gezogen, in Gießkannen umgeschüttet, und zur Bewässerung unseres Gemüsegartens genutzt. In jenem Jahr war es so trocken, dass die kommunale Wasserversorgung im wasserarmen Jenesien nicht mehr ausreichte. Da besonders in den höher gelegenen Häusern im Ort aufgrund der Druckdifferenz fast kein Wasser mehr ankam und den Haushalten das Trinkwasser auszugehen drohte, wurde das Gartengießen verboten. Wohl dem Gartenbesitzer, der damals einen eigenen Brunnen besaß, oder ihn zumindest für die Rettung der leidenden Gartenpflanzen nutzen konnte, wie wir! So manch einer, so wurde gemunkelt, sei in jenem Sommer nachts beobachtet worden, wie er sich heimlich aus der Gemeindewasserleitung Wasser in seine Regentonnen füllte.

Die Loachwiese war zwar klein und relativ abschüssig. Es standen aber mehrere Obstbäume darauf. Im Frühsommer konnten wir den Nachbarskindern, von denen ich besonders häufig mit dem gleichaltrigen Loach-Karl zusammen war, beim Kirschen Essen Gesellschaft leisten. Das war immer ein köstlicher Genuss und Spaß zugleich, weil wir Buben natürlich höher als meine kleinen Schwestern auf die Bäume klettern konnten und dabei an die besten Früchte kamen. Mit den Kirschkernen als Geschossen aus unserem Mund ärgerten wir dann die Mädchen unter uns. Suchten sie dann das Weite, wurden sie mit süßen Früchten, die wir ihnen hinab warfen, wieder angelockt, bis sie in geeigneter Weite waren, um erneut als Zielscheibe für unsere Spuckgeschosse zu dienen.

Im Herbst wurden die Ackerbirnen auf dieser Wiese reif, eine kleine aber recht schmackhafte Sorte. Es gab auf den zwei großen Bäumen so viele Früchte, dass wir uns immer genügend nehmen konnten. Besonders lecker fanden wir auch die Zwetschgen, nicht so sehr, wenn sie im Anfangsstadium der Reife waren, noch prall und manchmal unangenehm sauer, als vielmehr später, wenn sie etwas eingetrocknet und runzelig am Baum hingen und dann ein besonders intensives Aroma entwickelten.

Auf jener Wiese habe ich die Junikäfer kennengelernt. Als sie in der abendlichen Dämmerung plötzlich wie auf Befehl alle gleichzeitig wie aus dem Nichts auftauchten, rief mich der Loach-Karl zu sich und wir übten uns im Fangen der tollpatschig herumfliegenden Insekten. Es war verblüffend einfach, sie in ihrem schwerfälligen Flug mit der flachen Hand im wahrsten Sinne des Wortes abzuklatschen. Lagen sie dann am Boden, wurden sie in eine Schuhschachtel gesperrt und wir lauschten mit angedrücktem Ohr dem Brummen der armen Gefangenen. Die Nachbarin, die „Loach-Nanne", hat sie dann dankend entgegengenommen. Sie hatte damals noch einen Hühnerstall und -hof und bot sie den hungrigen Hennen an, die die dicken, proteinreichen Käfer begierig pickten und verschlangen.

Wenn es für unsere Nachbarskinder an der Zeit war, nach Hause zu gehen, pfiff die „Loach-Nanne" aus dem Küchenfenster. Die Buben hörten ihren charakteristisch schrillen Pfiff selbst im größten Spiellärm, wenn wir anderen ihn nicht wahrnehmen konnten. Sie ließen sofort alles liegen und stehen, unterbrachen selbst die schönsten Spiele und eilten nach Hause, da sie sonst Konsequenzen der strengen Mutter befürchten mussten.

Die Nanne vergaß nie das Sonntagswunschkonzert, das um 12 Uhr nach der Übertragung des Glockengeläuts und der Erläuterung und Beschreibung der betreffenden Kirche und des Schutzheiligen eines südtiroler Dorfes im Radio gesendet wurde. Wenn ihr ein Lied gefiel, drehte sie die Lautstärke derart auf, dass wir den Schlager unten auf dem Weg gut hören und mitsingen konnten, besonders, wenn im Sommer das Küchenfenster geöffnet war. Lieder wie: „Izzi-bizzi-tini-wini-honolulu-strandbkini", „Ma-matschi, schenk mir ein Pferdchen", „Man braucht immer einen Freund" oder den „Badewannen-", und den „Kriminal-Tango" konnte man dann in der näheren Umgebung der Loach-Küche gut mit genießen.

Wir Kinder beobachteten die Natur um uns herum zwar nicht bewusst aber doch recht genau. So entging es uns nicht, wenn verschiedene Singvögel wie Finken, Spatzen, Krummschnäbel oder Rotkehlchen in geeigneten Löchern der den Weg säumenden Natursteinmauern ihre Nester bauten und anschließend Eier ausbrüteten. Wir bewunderten die warmen kleinen Eier in verschiedenen Farben oder hielten, wenn wir sie gerade beim Schlüpfen antrafen, die noch unbeschädigten Eier ans Ohr in der Hoffnung, das Pieksen des noch eingeschlossenen, jungen Vögleins hören zu können. Ein besonderes Erlebnis war aber das Betrachten der nackten Nesthocker. Wie die ständig mit weit aufgesperrten, roten Schnäbeln nach Futter verlangten, wenn sich die Mutter dem Nest näherte, und wie schnell sie heranwuchsen und ein Federkleid bekamen!

So hielten wir eines Tages die jungen, sich warm anfühlenden Jungtiere in der Hand und staunten über ihre noch verschlossenen Augen und die großen Bäuche, die von einer durchscheinenden Haut umgeben waren, durch welche man die dunklen Würmer und Insekten noch erahnen konnte, die sie kurz vorher gierig der Vogelmutter abgebettelt und verschlungen hatten. Just da kam eine wesentlich ältere Nachbarstochter vom Einkaufen aus dem Dorf auf dem Heimweg bei uns vorbei und sah, was wir da trieben. Sie beschimpfte uns lauthals polternd und packte mich beim Arm, forderte mich auf, das arme Geschöpf ins Nest zurück zu setzen und ergriff dann eines meiner beiden Ohren und zog oder drehte so heftig daran, dass ich noch Tage später aufgrund der dabei erlittenen Verletzungen Krusten am Ohransatz hatte. „Des werdt ess mir schun lassn, die Prantelen ze Seckieren, ess Raber!" (Das werdet ihr mir schon unterlassen, die Rotkehlchen zu ärgern, ihr Räuberbande) schimpfte sie. Wir hatten halt mit den Rotkehlchen, den „Prantelen", wie sie genannt wurden, gespielt. Das waren fast für heilig gehaltene Vögel, weil sie angeblich beim Versuch, Jesus am Kreuz von den Nägeln zu befreien, sich den Hals mit Blut rot eingefärbt haben sollen, wie mir meine Mutter später erzählte. Die Krummschnäbel hätten sich bei dieser lobenswerten und doch vergeblichen Aktion die ungewöhnlichen Schnäbel geholt. Nach Gottes Dank sah diese verkorkste Schnabelform allerdings nicht aus, dachte ich mir im Stillen.

Hätten wir nur mit den allseits wenig geschätzten, ja meist verhassten Spatzen unsere Spielchen und Beobachtungen gemacht, dann wäre die Nachbarstochter wahrscheinlich nur uninteressiert an uns vorbeigelaufen. Spatzen waren wohl deshalb nicht sehr beliebt, weil sie zum Einen farblich nicht besonders attraktiv aussehen und zum Anderen als ungeliebte Futterrivalen bei der Fütterung der Hühner angesehen wurden. Sie stibitzten zwar, aufgrund ihrer geringen Größe, nur einen kleinen Teil des Hühnerfutters. Wenn sie aber in großen Schwärmen in den meist umzäunten Hühnerhöfen einflogen, wurde ihre Futtergier doch sehr ungern gesehen.

Auch manches Erdwespennest wurde von uns entdeckt. Diese Insekten waren besonders im Herbst aktiv, wenn die Felder abgeerntet waren. In dieser Zeit konnte man deren irdische Behausungen, oder zumindest den Eingang dazu leicht erkennen, weil kein Gras mehr auf den Wiesen stand. Wenn man neben einem solchen noch recht friedlichen Wespenloch mit den Füßen aufstampfte, reagierte dieses wehrhafte Insektenvolk immer sehr eindrucksvoll und prompt und die aufgebrachten Tierchen schwärmten in großer Zahl aus, um den Störenfried zu stellen. Da musste man möglichst umgehend das Weite suchen, wenn man nicht für die Störung hart bestraft werden wollte. Meistens erwischte es dabei einen der kleineren Brüder Karls, die erstens nicht so schnell reagieren und zweitens nicht so schnell laufen konnten wie Karl und ich. Außerdem warfen sie sich anfangs nicht in gebührender Entfernung vom Wespenloch auf den Boden, wie wir es wohlweislich taten, wobei die verfolgenden Wespen über uns hinweg flogen und ihre noch aufrecht fliehenden Feinde weiter verfolgten. Wir hingegen, bewegungslos am Boden liegend, wurden nicht mehr als Bedrohung angesehen und verschont. Meist nahmen diese Spielchen kein gutes Ende. Einer der Kleinen schrie dann auf und lief jammernd nach Hause, wo seine Mutter die schmerzhafte Einstichstelle mit kalten, essigfeuchten Lappen kühlte, um das Anschwellen und den Schmerz abzumildern. Wurde jemand in Augennähe gestochen, dann war ihm ein über mehrere Tage zugeschwollenes Auge gewiss. Das sah dann schlimm aus und die Eltern warnten uns davor, ähnliche Aktionen zu wiederholen: Von zwölf Wespen- oder drei Hornissenstichen würde man sterben, nur Pferde würden deutlich mehr vertragen!

Der Schneiderbauer war ein sehr fleißiger Mann. Er verdiente sich als Hausmetzger im Winter ein Zubrot und im Sommer war er mit dem großen Gemüsegarten beschäftigt. Gut erinnere ich mich noch an seinen plötzlichen Tod, dessen Ursache ein Herzschlag, also ein Herzinfarkt war, ein Wort, das ich vorher noch nicht gehört hatte. Bei so einem Herzschlag würde das Herz wie vom Blitz getroffen erstarren und aufhören zu schlagen, so dass man gleich ohnmächtig wäre und, Gott sei Dank, nicht mehr lange leiden müsse, so sagten die Erwachsenen. Der Sarg mit dem toten Nachbarn wurde in der Stube vor dem großen Kreuz in der hinteren Ecke aufgebahrt. Es war damals üblich, dass nach dem Ableben sich ein naher Verwandter oder Nachbar auf den Weg zu allen Häusern und Höfen des Dorfes machte und zum „Totenbeten" einlud. Dieses bestand aus Rosenkranzgebeten, die an den Abenden bis zur Überführung auf den Friedhof stattfanden und mit Fürbitten für das Weiterleben der Seele des Toten im Jenseits und für einen möglichst kurzen Aufenthalt im Fegefeuer ergänzt wurden. An diesem Totenbeten nahm ich teil und stand zwischen den wie angewurzelt im Hausflur und bis ins Freie stehenden und ernst betenden Frauen und Männern aus dem Dorf, die nach der schweren Arbeit des Tages dem Toten die letzte Ehre vor der Beerdigung gaben. Nach dem schier endlosen „Gegrüßt seist du Maria"-Gebeten gingen die Leute der Reihe nach an den Sarg des Toten, bespritzen ihn mit Weihwasser, das aus einem kleinen Behälter mittels eines Buchsbaumzweiges geholt wurde, und verließen stillschweigend das Haus. Erst in gebührender Entfernung vom Haus unterhielten sie sich über die Todesursache, die Umstände des Ablebens, die Folgen für die Angehörigen und die Unabwendbarkeit des Schicksals, das man als Gläubiger als von Gott gewollt halt akzeptieren müsse.

Der Sohn des Schneiderbauers war, wie gesagt, mein Firmpate. Er brachte mir zu Allerheiligen und zu Ostern, wie es damals noch der Brauch war, ein „Fochets" als Geschenk. Dies war ein großes flaches, leicht süßlich schmeckendes Gebäck in der angedeuteten Form eines Hasen. Aus mir nicht ersichtlichen Gründen wurde dieses „Fochets" zu Allerheiligen in Form eines Hasen und zu Ostern in Form einer großen Henne an die Patenkinder geschenkt. Als er das erste Mal mit dem Fochets bei uns vorbeikam, trug er ein graues Sakko und sah wohl recht schick aus. Jedenfalls habe ich, wenn ich von Erwachsenen gefragt wurde: „Karele, was hascht denn du für en' „Te-it" (Wer ist dein Pate?) immer stolz geantwortet: „I han en schien, grau'n „Te-it" (Ich habe einen schönen, grauen Paten). Das klang für meine älteren Geschwister und auch die Eltern wieder mal sehr lustig und wurde des Öfteren mit Gelächter zitiert.

Mein Pate war wohl noch fleißiger als sein Vater es war. Er hatte schon seinen großen Garten vor der um 8 Uhr abgehaltenen Sonntagsmesse gegossen und wir sahen ihn oft noch in der späten Dämmerung in seinem Karottenbeet auf einer flachen Bank kniend das Unkraut jäten. Samstags zog er einen kleinen, zweirädrigen Wagen in aller Herrgottsfrüh vollbeladen mit den am Abend vorher geernteten Salatköpfen die holprige Straße an uns vorbei nach Bozen hinunter, wo er den bei der Stadtbevölkerung geschätzten „Nesinger" Kopfsalat auf dem Samstagsmarkt verkaufte. Bergabwärts musste er den Wagen mit viel Mühe bremsen und, in Bozen angekommen, stand er bis zum Verkauf der Ware auf den Beinen und hatte dann noch den wesentlich anstrengenderen Weg mit dem leeren Wagen zurück zu seinem etwa 800m höher gelegenen Schneiderhof vor sich. Da wusste er am Samstagabend schon, was er getan hatte.

Die Tagglhütte war ein kleines, altes Bauernhaus, hinter dem der kleine Viehstall mit einer Scheune stand. In diesem Haus war ich nur selten, da es keine Kinder in meinem Alter in der Familie gab. Die Leute da erschienen mir als Kind etwas sonderbar und eines Tages konnte ich zu meiner Verwunderung beobachten, wie die alte Tagglmutter mit einem Blecheimer aus dem Eingang heraus, um die Hausecke in den Keller ging. Das weckte meine Neugier und ich sah, wie sie eine Holzabdeckung am Kellerboden öffnete und einen „Ziggl", einen Brunnen, freilegte, der voll klaren Wassers war. Offensichtlich stand das Haus auf einer Quelle. Sie entnahm daraus Wasser und trug es im Eimer in die dunkle Küche, wo es zum Kochen und Abspülen, vielleicht auch als Trinkwasser genutzt wurde.

Vor dem Garten dieses Nachbarn spielte sich am Abend eines Kirchweihtages etwas für unser Dorf Unerhörtes ab. Es war schon fast dunkel und wir Kinder schliefen bereits, als uns der fürchterliche Schrei eines offensichtlich bedrohten oder verletzten Mannes aus dem Schlaf riss. Andere

Nachbarn eilten aus den Häusern und der Loachhansl, der oberhalb unseres Hauses wohnte, rief: „Wos isch denn dou unten los!?" in das Dunkel der Nacht. Dann ebbten die schrillen Hilfeschreie ab und wir hörten die laut polternden Schritte eines offenbar fliehenden und talabwärts, in Richtung Bozen laufenden Menschen.

Am nächsten Morgen erfuhren wir dann, dass es der Maurer Franz gewesen war, der so arg geschrien hatte. Er befand sich auf dem Heimweg von einem Besuch bei seiner Schwester, der Traindlerbäuerin, als er von einem Unbekannten, dem wahrscheinlich bei der Kirchweih sein Geld ausgegangen war, überfallen wurde. Der Versuch, ihn seines Geldes zu berauben, scheiterte aber an seiner Gegenwehr, mit der der Fremde bei dem hageren Franz wohl nicht gerechnet hatte. Diese bestand zum Einen im lauten Schreien, das alle Nachbarn aus den Häusern trieb. Zum Anderen aber biss er dem Räuber wohl so schmerzhaft in einen seiner Finger, als er in dem Gerangel versuchte in seine Jackentasche zu langen, dass der Bösewicht es dann vorzog, das Weite zu suchen.

Dieser Vorfall erregte im Dorf großes Aufsehen. Bis dahin hatten alle geglaubt, dass es Verbrechen nur in den Städten oder größeren Märkten geben könne. Zwar gab es hin und wieder Reibereien und Beschimpfungen zwischen benachbarten Bauern wegen eines strittigen Baumes an der gemeinsamen Grenze oder wegen eines abgeschlossenen Viehhandels, nach dem sich der Käufer über eine verschwiegene und versteckte Krankheit des erworbenen Tieres bitter beschwerte. Auch kam es regelmäßig zu Raufereien auf den verschiedensten Kirchweihtagen, bei denen sich in aller Regel einheimische Burschen mit denen der Nachbargemeinde Mölten oder Sarnthein um Nichtigkeiten prügelten, oder zumindest „ranggelten" (eine spezielle tiroler Art des Ringens), um die Kräfte zu messen. Gang und gäbe war wohl das Raufen vor über hundert Jahren auf dem Kirchtag zu

Lafenn. Da war gleichzeitig Markt und die Tschöggelberger wurden immer wieder von den Sarnern provoziert und sicherlich auch diese von jenen. Als man aber einmal einen jungen Bauernsohn erschlagen und auf einem Speltenzaun aufgespießt hatte, wurde der Lafenner Kirchtag und Markt von den damals noch königlich-kaiserlichen österreichischen Behörden verboten.

Ansonsten aber waren dies traditionelle Geplänkel, die die Betroffenen in aller Regel freiwillig eingingen und bei denen die Unbeteiligten interessiert zusahen. Beim Raubüberfall auf den Maurer Franz hingegen handelte es sich, nach Meinung aller, um ein richtiges Verbrechen, so wie man es bisher nur in der Zeitung zu lesen bekommen hatte.

Wie erwähnt, ereignete sich dieser Überfall zwischen unserem Haus und dem des Nachbarn namens Taggl.

Der alte Bauer jenes kleinen Hofes war ein Mann, der selbst auf uns Kinder ungewöhnlich klein wirkte und den man nie ohne seine Pfeife im Mund antraf. Seine Haupttätigkeit, so schien es uns, war das Hüten seiner Milchkuh, die er morgens und abends entlang des öffentlichen Weges an den Böschungen weiden ließ, wo sonst niemand das Gras mähte. Um aber auf diesen Weg zu gelangen, musste er das hungrige Tier an einer Leine einen kurzen, schmalen Steg durch die satte Wiese des größeren Traindlerbauern führen. Dabei schnappte seine Kuh gerne nach dem satten Gras in Nachbarswiese und der alte Taggl hatte es nicht eilig, der Kuh dies zu verwehren, es sei denn, der recht grimmige Traindlerbauer war in der Nähe. Auf ihrem eigentlich zugedachten Weidegrund, dem sehr kleinen Grünsteifen des Bozener Weges, aber suchte sich die Milchkuh das karge Gras, während ihre runde Messingglocke am Hals bimmelte und der alte Taggl an seiner Pfeife zog oder aus einem uralten Tabakbeutel mit zwei schmutzig braunen Fingern Tabak holte und ihn in den „Reggl" stopfte, einer geschwungenen Pfeife mit verziertem Metalldeckel. Er war, wie gesagt, eine sehr schmächtige Gestalt. Es löste viel Gelächter aus, als er zum alten Dorfschmied, einem kräftigen, großen Mann, einmal bei einer kleinen Auseinandersetzung, bei der dieser ihn vorher als „Orschkrahler" (einer, der sich häufig am Hintern kratzt) beschimpft hatte, sagte: „Wenn i di in Aug drin hätt', müaßet i es net a Mal reibn"!

Der Traindler war ein schneidiger Bauer mit stolzem Schnurbart. Er hatte seinen Hof sehr gut in Schuss. Besonders eindrucksvoll war die Ordnung, mit der er sein Werkzeug, die Geräte und das Geschirr der Ochsen und des Pferdes aufbewahrte. Er war auch einer der Bauern, die noch einen mit Roggenstroh bedeckten Stadel sein eigen nannte. Diese schmucken Scheunen waren damals noch eine Zier auf dem zwischen Bozen und Meran hochragenden Gebiet des Tschöggelbergs. Heute gibt es davon nur noch sehr wenige Exemplare.

Da sein eigener Sohn noch zu jung war, bat er mich, als ich etwa 14, 15 Jahre alt war, des Öfteren, ihm beim Pflügen der Äcker zu helfen. Dabei musste ich die Ochsen vorne entlang der Furche führen und beim Wenden am Ende der waagrechten Furche dem einen Ochsen mit dem Treibstock leicht auf den Kopf klopfen und den anderen am Zaumzeug ziehen, um eine Wendung herbeizuführen und sie wieder in die umgekehrte Richtung zu führen, nachdem der Bauer am Pflug die blanke Schaufel umgeschwenkt und mit einem Hebel arretiert hatte. So arbeiteten wir uns mühsam durch den ganzen Acker, Furche um Furche, nach oben, nur unterbrochen von einem gelegentlichen Getränkeangebot, das uns die Bäuerin in Form des gebräuchlichen, blau emaillierten Krugs voll Wasser oder „Leps" an den Ackerrain brachte. Der Bauer nahm einen kräftigen Schluck und wischte mit seinem Handrücken über den vom Schnurbart halb verdeckten, verschwitzten Mund, um dann mir das Gefäß zu reichen. Bevor ich trank, drehte ich möglichst unauffällig den Krug etwas herum, damit ich nicht dieselbe Stelle mit den

Lippen berühren musste. Auch bei der Heuarbeit habe ich ihm gelegentlich geholfen.

Es war damals allerdings nicht ganz leicht, mich zu Hause anzutreffen, da ich ja im Schülerheim untergebracht war. Während der Sommer-Schulferien habe ich bereits mit 14 Jahren als Tellerwäscher in einem Hotel in Völs am Schlern und die darauf folgenden zwei Jahre als Hotelgehilfe in einem Hotel in Seis gearbeitet. Also stand ich dem Bauern nur zu anderen schulfreien Tagen während des Schuljahres zur Verfügung, an denen ich vom Schülerheim in Bozen nach Hause gekommen war. Den steilen Anstieg nach Jenesien habe ich damals in der Regel zu Fuß gemeistert, um die Kosten für die Seilbahn zu sparen. Die Strecke schaffte ich von Jahr zu Jahr schneller, gute 45 Minuten waren gegen Ende mein Rekord. Dabei wurden jedoch alle Abkürzungen genutzt, wie zum Beispiel der berüchtigte Steig, den man bezeichnender Weise „Kotzloater" (Katzenleiter) nannte, weil er wohl nur von den wendigen Tieren sicher zu begehen war. Er führte vom untersten Nesinger Bauern, dem Schmiedbauer im Pittertschol, direkt über einen steilen Felsen zum ersten Weinbauer von St. Georgen.

Das auf der Wiese getrocknete Heu wurde mit den Heurechen in langen Strängen zusammengefügt. Zwischen diesen Strängen fuhren wir mit dem vom Pferd gezogenen Heuwagen durch und luden das Heu mit den Gabeln von beiden Seiten auf. Dabei trieben wir eine wilde, mit riesigen Sprüngen fliehende Schar von Heuschrecken vor uns her. Sobald die Ladung eine gewisse, instabile Höhe erreichte, schwang ich mich auf die lockere Ladung und drückte das Heu mit dem eigenen Körpergewicht fest, nachdem ich es gleichmäßig verteilt hatte. Der Bauer stach mit seiner Gabel in den Strang und hob einen Büschel am langen Gabelstiel zu mir hoch, bis die Menge für eine Fuhre ausreichend war. Danach reichte er mir den Wiesbaum, einen etwa 10 bis 15 cm dicken Baumstamm in der guten Länge des Heuwagens, der beidseitig mit Holzzapfen versehen war. Ihn legte ich mittig auf die Heuladung. Er band ihn vorne mit einem Lederseil nieder und warf mir dann hinten einen weiteren Strick hoch, den ich innerhalb der Zapfen um den Wiesbaum führte und ihm wieder hinab warf. Er zog dann zog den Strick durch die „Scheidel" und kräftig an, so dass die Fuhre deutlich an Höhe verlor, und verknotete ihn. Ich hüpfte dann vom Fuder und wir fuhren mit dem Wagen in die Scheune, wo er nach dem Lösen der Seile und Entfernen des Wiesbaums von der Tenne aus auf den Heustock hinunter gekippt wurde. Bei dieser Aktion stellten sich der Bauer und ich auf eine Seite des Wagens und hoben ihn mit einem Ruck, so dass er kippte. Ich trug kurze Hosen, wurde eines Tages von der Nabe des Hinterrads am rechten Hosenbein erfasst und mit dem umkippenden Wagen in die Höhe gerissen. Da hing ich etwas seltsam hilflos zappelnd an dem oben liegenden Wagenrad. Meine Mutter sah diesem Missgeschick vom Balkon unseres Hauses, auf dem sie gerade Wäsche zum Trocknen aufhängte, aus zu und war froh, als ich endlich mit Hilfe des Bauern befreit wieder auf die Tenne zurückkehren konnte. Außer einer Schürfwunde und einem großen Schrecken habe ich keinen Schaden davongetragen. „So Eppes han i a no net g'härt und g'sehgn!" war der anschließende Kommentar des schmunzelnden Traindlers.

Die Bäuerin dieses Nachbarhofes überraschte mich an einem 4. November jener Jahre. Dieser Tag war und ist in Italien ein Nationalfeiertag. Die Bauern aber hielten sich nicht an ihn und gingen ihrer gewohnten Arbeit nach. Ich hatte schulfrei und konnte dem Nachbarn wieder mal bei der Arbeit helfen. Bevor ich abends nach Hause ging, kam sie auf mich zu, überreichte mir eine Tafel Schokolade und wünschte mir alles Gute zu meinem Namenstag. Den hatte ich ganz vergessen, meinen Namenstag am 4.November, an dem der

Name Karl Borromäus im Kalender stand, wohl auch deshalb, weil bei uns weder Namens- noch Geburtstage groß gefeiert oder eine besondere Beachtung fanden.

Über uns, im Osten neben der Bergstation der Seilbahn, war das Haus des Überbachers. Ihn und seine Familie habe ich nie kennengelernt. Er starb relativ früh an einer unheilbaren Krankheit und kurz vor seinem Tod hat er wohl ein bisschen mit dem Trinken angefangen. „Der werd' schun Eppess gwißt habn, ve der Krankheit, weil sischt (sonst) hat der nie g'soffn!" war die Erklärung meines Vaters für das ungewöhnliche Verhalten dieses Nachbarn.

Der Herr Coreti, der sein Haus mitten im Wald unterhalb der Seilbahnstation hatte, war ein italienischer Beamter, der täglich mit der Seilbahn nach Bozen fuhr und deshalb einen schönen Gehweg von seinem Haus durch das unwegsame, steile Gelände zur Station errichtet hatte. Diesen Weg nutzten wir, wenn wir von der Mutter zum Holzholen in den Wald geschickt wurden. Dabei schielten wir immer etwas verstohlen auf das Coreti Haus, das für uns ungewohnt, von einem Maschendrahtzaun umgeben war. Wir waren uns nicht ganz sicher, ob wir den Weg nutzen durften. Das Ganze war uns nicht ganz geheuer und deshalb mieden wir die nähere Umgebung, wenn es ging, und erst recht den Besitzer, obwohl wir eigentlich niemals schlechte Erfahrungen mit ihm gemacht hatten.

Zu unseren Verwandten hatten wir nicht übermäßig viel Kontakt. Die älteste Schwester meiner Mutter hatte schon geheiratet und war aus dem Elternhaus ausgezogen, als meine Mutter noch klein war und so hatte diese nur mit der um zwei Jahre älteren Schwester eine echte geschwisterliche Beziehung aufgebaut. Auch zu ihren sechs Brüdern bestand keine innige Freundschaft, weil sie ebenfalls alle, zum Teil deutlich, älter und mit den eigenen Problemen beschäftigt waren. Es war aber auch nicht so, dass kein Kontakt bestand und so besuchten wir jeden Herbst die in Mutters Elternhaus lebende Familie des ältesten Bruders, Sepp. Er hatte das von meinem Großvater erworbene Gehöft geerbt, auf dem aufgrund seiner Lage in geringerer Meereshöhe in Guldegg neben Wein und Obst vor allem viele Esskastanien gediehen. Wir wurden bei der Ankunft von der Tante freudig begrüßt. Meist trug sie eine blaugeblümte Schürze und musste sich die von der Garten- oder Stallarbeit schmutzigen Hände im Wassertrog, das sich im Hof vor dem Eingang befand, waschen, bevor sie uns zum Gruß die Hand entgegenstreckte. Dann wurden wir in die Stube gebeten, wo sie uns den aus selbstgerösteter Gerste bereiteten Kaffee und einen Teller voller Gugelhupf anbot, auf den wir uns während des weiten Fußmarsches schon so gefreut hatten. Als dann meine Cousine sich zu uns gesellte, kam Leben in die Bude. Sie redete viel und schnell und laut und fragte uns, wie es uns denn ginge und was die älteren Geschwister so alles machten und die Nachbarn. Noch etwas lauter wurde es, als mein Onkel den Raum betrat. Er war etwas schwerhörig und man musste mit ihm laut reden, um verstanden zu werden. Er selber antwortete dann aber mit noch lauterer Stimme, so dass mir manchmal das Herz bis zum Halse klopfte, weil es sich für mich so anhörte, als würde es gleich zum Streit kommen. Es blieb aber immer friedlich und nach einiger Zeit gewöhnten wir uns an die neue Standartlautstärke. Die Tante oder die Cousine, die viel älter als wir und schon erwachsen war, ging dann mit uns in die Scheune, wo auf einem Holzverschlag die Esskastanien luftig ausgebreitet waren und jeden Tag gewendet wurden, damit sie nicht erstickten, wie man uns erklärte. Dort füllte sie unsere Rucksäcke mit den schweren Früchten und verabschiedete uns: „Tüet mir meine Tout (Patin), enkre(eure) Mamme, schien ve mir gri-eßn!" Wir aber bedankten uns viel tausend Mal, wie es uns die Mutter aufgetragen hatte, und stapften, so beladen, den steilen Weg hoch, der uns mühsam nach Hause führte.

Dabei unterhielten wir uns einmal darüber, wie es wohl im fernen Jahre 2000 aussehen werde. Wir wären dann schon alte, gebrechliche Männlein und Weiblein mit etwa 50 Jahren. Aber das war ja noch so unendlich weit in der Zukunft. Was werden die Menschen bis dahin wohl alles erfunden haben? Vielleicht wird man nicht mehr arbeiten müssen, weil dann Maschinen alles erledigen, und man braucht sie nur noch an und aus zu schalten, dachten wir.

Allmählich aber verstummten unsere Gespräche, denn uns machte mehr und mehr der Weg zu schaffen, der immer steiler und beschwerlicher wurde, bis nach Überwindung der Stelle, die wohl wegen ihres außergewöhnlich steilen Gefälles "Höllenreich" genannt wurde, sich der Wald lichtete und die Wiesen der Vorderafinger Bauern sich am Hang schmiegten. Kurz danach erblickten wir auch schon den Nesinger (Jenesier) Kirchturm, erreichten über einen flach verlaufenden Waldweg nach Überqueren des Mühlleit-Bachs und einem letzten steileren Anstieg das Dorf und waren recht müde und froh, wieder zu Hause zu sein. Dort erklärte uns die Mutter, dass der Weg gar nicht so weit sei. Schließlich war es ihr Schulweg, den sie als Kind täglich zurückgelegt hatte.

Geografisch genau auf der anderen Seite, nämlich im Westen, im Ortsteil Nobls, befand sich der Bauernhof der Familie von Mutters nächst älterer Schwester. Sie hat ihrem Mann 13 Kinder geschenkt, das war der Rekord in unserer Verwandtschaft, denn wir waren ja, wie gesagt, 12 und die dritte, älteste Schwester hatte ebenfalls ein Duzend Nachkommen. Zu ihrem Bauernhof, dem Hieger-Nobler, wurden wir hin und wieder geschickt, um bei den Feldarbeiten ein wenig zu helfen, mehr aber, um von der doch deutlich besser gestellten Tante etwas selbstgebackenes Bauernbrot, Speck oder Honig mit auf die Heimreise zu bekommen. Da der Weg dorthin für uns etwa zwei Stunden lang war, kam es vor, dass wir dort übernachteten und erst am nächsten Tag die Heimreise antraten. Ich schlief dann zusammen mit Flor (Florian), dem gleichaltrigen Sohn der Verwandten, in einer Kammer unter dem Dachboden. Über uns, unter den Dachschindeln, hörten wir das Nagen und Scharren von Ratten oder Mardern und durch die kleine Luke den nächtlichen Uhu seine für uns Angst erregenden Rufe ausstoßen. Das sei die „Hobergoaß" (Hafergeiß), so sagte mir Flor, die die Kinder hole, die sie nachts im Wald antreffe.

Auf dem „Grummen", ein flaches Waldstück, das an die Wiesen des Hofes angrenzt und im Westen sehr steil über Felsen ins Etschtal abfällt, seien die „Schölmenlöcher", erzählte Flor weiter. Dies sind Felsspalte, die sich am Abriss des „Grummens" nach Terlan hin im Verlaufe der Erdgeschichte geöffnet haben. Sie sollen, so sagten es die Erwachsenen, unheimlich tief sein. Flor erzählte mir, dass er mal einen größeren Stein in eines dieser Löcher geworfen habe. Er habe ihn daraufhin nur seitwärts an die Felsen des Loches anschlagen aber nicht unten aufprallen hören. Was mögen da wohl an Knochen von hineingefallenen und verendeten Tieren oder gar Menschen unten liegen, fragten wir uns. Und so erzählten wir uns noch die eine oder andere Schauergeschichte, die wir irgendwo aufgeschnappt hatten, bevor wir einschliefen.

Ein sagenumwobenes Tier, vor dem uns die Erwachsenen immer wieder versuchten Angst zu machen, ist der „Tatzelwurm", was etwa so viel bedeutet wie „große Schlange mit kurzen Beinen und Krallen". Diese Tiroler oder zumindest Tschöggelberger Variante des bayerischen Wolpertingers soll vor allem in den Wäldern ihr Unwesen treiben. Gesehen haben sollen ihn aber nur die ganz Alten, die inzwischen alle nicht mehr am Leben seien. Also konnte ihn auch niemand etwas detaillierter beschreiben, ein Umstand, der ihn deswegen in unserer Fantasie nicht minder schrecklich erscheinen ließ.

In einer solchen Nacht wurden wir einmal von gewaltigen Donnerschlägen geweckt, die durch das weit unter uns liegende Etschtal hallten. Wir hielten sie aber für ein nahendes Gewitter und schliefen wieder ein. Am nächsten Morgen erzählten sich die Erwachsenen schon beim Frühstück, dass im Radio von Sprengungen berichtet worden sei, die die Strommasten zum Ziel hatten.

Es war die Feuernacht am Herz-Jesu-Sonntag von 1961, die wir so miterlebt haben, jenes verzweifelte Aufbäumen von Südtiroler Idealisten, die mit der ungerechten Behandlung durch den italienischen Staat nicht einverstanden waren. Damals wurden die meisten Stellen im öffentlichen Dienst, wie Post, Bahn, Busfahrer, Förster und Gemeindesekretäre stets von Italienern besetzt, wenn das irgend möglich war. Und diese wurden häufig dafür auch noch aus dem südlichen Italien gelockt, um eine möglichst schnelle Italienisierung Südtirols zu erreichen. Für die zahlreiche, in kinderreichen Familien heranwachsende, einheimische Bevölkerung waren deshalb nur schlecht bezahlte Hilfsarbeiterjobs übrig. Arbeitslosigkeit, Armut und Verlust der Perspektive waren die unausweichlichen Folgen. Die Amts- und Gerichtssprache war ausschließlich Italienisch, mit gewaltigen Nachteilen für die meist nur deutsch sprechende Landbevölkerung.

Nach dem Ende des Zweiten Weltkrieges wurde im Pariser Abkommen die Wiedereinführung des deutschen Schulunterrichtes, die Gleichstellung der italienischen und deutschen Sprache, der Wiedererwerb der deutschen Vor- und Familiennamen und die Gleichberechtigung bei der Stellenvergabe öffentlicher Ämter festgelegt. Von einer Gleichbehandlung war man aber selbst im Jahre 1961 noch weit entfernt.

Der Befreiungsausschuss Südtirol (BAS) unter der Leitung von Sepp Kerschbaumer verübte erstmals im Jahre

1956 Anschläge auf eine-Kaserne in Bozen und die Bahnoberleitung in Siebeneich. Nach weiteren Anschlägen im Jahre 1957 wurden 17 Südtiroler festgenommen und nach zehn Wochen Haft wieder entlassen.

1961 kam es zu demonstrativen Sprengungen von faschistischen Symbolen, wie etwa dem "Aluminium-Duce" in Waidbruck. Den Höhepunkt erreichten dann die Anschläge in der Herz-Jesu-Nacht, in welcher die Tiroler alljährlich mit Bergfeuern und Prozessionen die christlichen Traditionen und das Gelöbnis der Tiroler Landstände von 1796, das Herz-Jesu-Fest feierlich zu begehen, feiern. In dieser Nacht vom 11. auf den 12. Juni wurden 37 Hochspannungsmasten gesprengt. Große Elektrozentralen und Elektrowerke wurden lahmgelegt, die Stromlieferung zu den oberitalienischen Städten und zur Bozner Industriezone wurde unterbrochen.

Nach dieser Feuernacht gab es viele Verhaftungen. Es wurde sehr rigoros, nach Aussage der Verhafteten auch mit Folter, gegen Verdächtige vorgegangen. Vor Gericht wurden die Angeklagten beschuldigt, sich die Wunden selbst zugefügt zu haben. In Untersuchungshaft verstarb unter bis heute ungeklärten Umständen der erst 28-jährige Franz Höfler. Anderen, wie etwa Sepp Innerhofer, wurde verboten, über ihre Haftzeit zu sprechen.

So schlimm jene Zeit auch für viele war, die sich aufopfernd und mit Idealismus für eine gerechtere Lösung einsetzten oder die in Angst vor den Anschlägen leben mussten, so läutete sie doch den Anfang einer neuen Zeit ein, in der die beiden, oder besser gesagt die drei Volksgruppen im schönen Alpenland sich allmählich besser aufeinander einstellten, aufeinander zugingen und zu einem friedlichen Nebeneinander fanden.

Bei dieser Tante ganz im Westen Jenesiens kamen wir einmal gerade an, als es bereits das letzte Wegstück kräftig zu regnen begonnen hatte. Laufenden Schrittes erreichten wir das Haus und wurden von ihr mit den Worten eingelassen: „Jetz habt ess obr högschte Zeit g'habt, sischt wart ess ganz schien nass gwordn!" Der Regen zog sich dann den ganzen Nachmittag hin, es goss unaufhörlich wie bei der Sintflut. Die ganze Nacht hindurch wurden wir immer wieder wach durch das aufplätschernde und über die Traufen und durch die Dachrinnen strömende Regenwasser des Hauses und der Scheune nebenan. Erst gegen Ende des nächsten Vormittags hatte es endlich aufgehört und wir konnten uns auf den Heimweg machen. Was war das für eine veränderte Welt! Die Wege waren ausgespült und erinnerten mehr an trockene Bachbette, durch manche Äcker zogen sich manntiefe Furchen, die die abströmenden Wassermengen aus der Erde gerissen hatten. Immer wieder war der Weg mit Geröll und Geäst halb versperrt und über die normalerweise nur wenig Wasser führenden Bäche waren mehrere der Holzbrücken fortgespült, so dass wir Mühe hatten, sie zu überqueren. Daheim angekommen sahen wir noch mehr vom Schaden, den das Unwetter angerichtet hatte. Die ganze Wiese und der Acker, die unserem Küchenfenster gegenüber auf dem Hang auf der anderen Dorfseite lagen, hatten eine tiefe, breite Wunde, und das Erdreich, von den Wassermassen heraus gespült, war erst vor dem und im Kreuzweger-Weiher tief unter unserem Haus zum Halten gekommen, so dass von diesem Gewässer nur noch ein kleiner Tümpel war übrig geblieben ist. Dieses Unwetter hatte nicht nur an den Wegen und den Feldern großen Schaden angerichtet. Es trug auch einen Großteil der vielen kleinen Mühlen fort, die entlang der Bäche von fast jedem größeren Bauern zum Mahlen und Schroten des Getreides betrieben wurden. Aus mir unerklärlichen Gründen gab es meines Wissens keine Mühlen, die mehrere Bauern gemeinsam und damit wesentlich wirtschaftlicher betrieben haben. So gab es damals unterhalb des Kreuzweger Weihers die Wieterer-, die Köstner- und die

Schmiedmühle. Im Mühlleitbach die Lindner-, die Stauder- und die Haflingermühle. Als wir später beim Holzholen oder beim Pilze suchen an die Stellen kamen, wo sie früher stolz mit ihren oberschlächtigen, großen Mühlrädern und mit ihren hoch zu ihren Scheiteln hinführenden, selbstgefertigten Holzrinnen standen, da sahen wir fast überall ein jämmerliches Bild, bei dem einem nur: „Tand, Tand, ist das Gebilde von Menschenhand!" einfiel, angesichts dieser Demonstration der Kraft der Natur.

Auch zwei kleine Gehöfte wurden bei diesem Unwetter von den Wassermassen weggerissen. Sie waren nahe an den jeweiligen Bächen, auf einem erdigen Untergrund gebaut, das eine am Mühlleitbach, der unter normalen Umständen nur wenig Wasser führt, das andere am Altenbach. Ein weiteres Haus, der Surbler, das noch näher am Bach stand als die anderen beiden, blieb wie durch ein Wunder stehen. Als wir im Herbst dieses Unwetterjahres zum Surbler in die Schlucht stiegen, um Zwetschgen zu pflücken, erzählte uns eine benachbarte Bäuerin, die uns dabei begleitete, wie es sich zugetragen hatte. Nachdem der Regen den Nachmittag über und die ganze Nacht nicht nachgelassen hatte, wurde der Bach immer höher und lauter, weil immer mehr Treibholz und immer größere Steine mitgerissen wurden. Da beschlossen die Surblers, ihr vermeintlich besonders gefährdetes Haus zu verlassen und durch den strömenden Regen, über die bereits vom tosenden Wasser erreichte und gefährdete kleine Holzbrücke zum Nachbarn zu gehen, dessen Haus etwas weiter weg vom Bach stand und ihnen vor dem reißenden Bach sicherer erschien. Kaum dort in der kleinen Stube angekommen, hörten sie aber ein verdächtiges Knarren im Haus und ein schräg sich nach unten vergrößernder Riss öffnete sich in der Außenmauer. Da verließen sie in Eile das Haus und standen kaum vor der Tür in der Traufe, als sie zusehen mussten, wie die untere Haushälfte mit einem Krach in sich zusammensackte und im wild tobenden Wasser in der Dunkelheit talabwärts verschwand. Der reißende Bach hatte erst das Erdreich unter dem Haus weggespült und dann die frei dastehende, untere Hausmauer mitgenommen, als wäre sie aus Pappe. Surblers Haus aber stand auf gewachsenem festen Porphyrfelsen und obwohl die Wassermassen und aus dem Wald mitgerissenes Holz die unterste Hausecke erreichten und bedrohten, hielt es dem Unwetter stand.

Die Angst aber saß bei den Surblers tief und da der Zugang durch den steilen Wald auch noch gänzlich unbrauchbar geworden war, hatten sie das kleine Gehöft nach dem Unwetter verlassen und waren nach Bozen gezogen. Aus diesem Grunde erlaubten sie uns das Ernten der Zwetschgen, zu welchem Unterfangen wir gerne mit unserer Mutter den beschwerlichen Weg in die Altenbachschlucht auf uns genommen hatten.

Die Zwetschgen wurden durch Schütteln der Zweige und Bäume geerntet, wobei die reifen Früchte zu Boden fielen und das steile Wiesengelände talabwärts purzelten, wo die Mutter und die Schwestern sie mit mehreren Stangen und Ästen aufhielten und in die mitgebrachten Körbe legten. Zu Hause wurde daraus eine köstliche Marmelade bereitet, die dann lange Zeit unser Brotaufstrich zum Frühstück und zur Marende war.

Ein weiterer Verwandter, den wir hin und wieder besuchten, war ein Onkel, der einen vorbildlich geführten Weinberg auf halber Höhe am Hang Richtung Bozen, in Guntschna, besaß. Bei diesem Besuch war stets die Mutter dabei. Den genauen Grund dafür habe ich nie hinterfragt. Am wahrscheinlichsten ist aber, dass sie sich mit dieser Tante dort sehr gut verstand. Diese Frau wirkte auf mich immer gütig und sanft, sie sprach langsam und bewegte sich nie in Hast. Sie hatte eine behinderte Tochter, die weder sprechen, noch laufen oder selbständig essen konnte. Sie machte auf mich in ihrem Stuhl mit ihren kraftlos dünnen Armen und herunterhängenden Händen hilflos da sitzend einen erbärmlichen Eindruck, wurde aber von der Tante liebevoll mit Speisen und Getränken versorgt, ja sie betete sogar mit ihr zu Tisch und machte mit ihrem Daumen auf der Stirn der Tochter am Ende des kurzen Gebets ein Kreuzzeichen, wobei sie von der behinderten Tochter nur mit unartikulierten Lauten begleitet wurde.

Als wir von so einem Besuch einmal heimwärts nach Jenesien hochstiegen, hatte es vorher wieder mal stark geregnet. Unter dem steilen Felshang, der „Rot Lahn", also roter Erdrutsch, genannt wird, stürzten Felsbrocken den Hang herunter bis auf und unter unseren Weg. Die Rot-Lahn hat also wieder einmal „gearbeitet", wie man sagte, war also wieder mal aktiv. Trotzdem setzten wir den Weg fort, immer nach oben schielend und lauschend, um eventuell herabrollendes Gestein rechtzeitig erkennen und ihm ausweichen zu können. Als wir aber an eine Stelle kamen, wo der Weg schon mit großen, herabgestürzten Felsen verstellt war und von oben sich weiteres Unheil krachend ankündigte und erste Vorboten der felsigen Fracht mehr hüpfend als rollend hoch über den Weg in das darunter stehende Gebüsch purzelten, traten wir hastig und mit gehörigem Respekt den Rückweg an und gingen bergab nach Bozen zur Talstation der Jenesier Seilbahn. In deren unmittelbarer Nähe kannte meine Mutter eine entfernte Verwandte. Zu ihr gingen wir und die Mutter lieh sich Geld von ihr, das wir für die nun sichere Heimfahrt mit der Gondel benötigten. Zu Hause angekommen kam es bei meinen Eltern zu einem längeren Disput, in dem mein Vater vorwurfsvoll fragte, ob diese Ausgaben denn wirklich nötig gewesen wären und ob wir nicht einen sicheren Umweg um die Gefahrenstelle hätten machen können. Worauf die Mutter zornig antwortete: „Ja, warr (wäre) dir lieber, mir (wir) lagn (lägen) jetz unter en Knottn (Felsen) ve der Rot-Lahn und warn hin!? Was glabscht denn Du, wie die Lahn g'arbetet hat! Und dunkel isch es a schun langsum gewordn. Und in Steig in Loch (Schlucht) oi (hinunter) hob mer ins a nimmer getraut!" Da war mein Vater dann doch still und holte sich ein Glas Rotwein und zündete sich eine Nazionale an.

Dem Onkel Karl verdanke ich meinen Vornamen. Er, selbst wegen einer Mumpserkrankung im Kindesalter kinderlos geblieben, soll zu meiner Mutter vor meiner Geburt gesagt haben: „Jetzt hab ess schun sou viel Kinder und koans hoaßt Karl!" Damit war, wenn es denn ein männlicher Nachkomme werden sollte, der Name festgelegt. Onkel Karl war immer sehr nett zu allen, besonders aber zu seinen Verwandten und eine ganz besondere Freude hatte er, wenn er mich, seinen „Nomenser" (Namensvetter), wie er mich immer nannte, im Dorf traf. Da lud er mich dann zu einer Arranciata (Orangensaft) beim Unter- oder Oberwirt ein, später dann auch zu einem Glas Weißwein, wobei er der Wirtin mit ernster Stimme sagte: „Gib uns lei zwoa Glasler (Gläschen) Weißn, aber in (den) Guatn!"

Meine Mutter (88) und Onkel Karl (93) in dessen Küche im Jahr 2001

Die Tante Mena war eine etwas jüngere Schwester meines Vaters. Sie war wohl aufgrund schlechter Erfahrungen mit dem anderen Geschlecht ledig geblieben. Ein anderer Grund könnte aber auch einfach der große Frauen-Überschuss gewesen sein, nachdem doch viele Männer im 1. Weltkrieg, dem Abessinien-Krieg und dem 2. Weltkrieg gefallen waren. Immer, wenn kein Mensch an sie dachte, tauchte sie zu Hause auf, gesellte sich zu uns, als gehörte sie zur Familie, um nach ausgiebigem Plausch, der meine Mutter meist von der Arbeit abhielt und nervte, wieder in Richtung Seilbahnstation zu verschwinden. Sie verdiente sich in Bozen als Haushälterin ihren Lebensunterhalt und erzählte gerne, was sie mit den Stadtlern, wie sie die Stadtbevölkerung abwertend nannte, so alles erlebt hatte. Mal arbeitete sie für eine ausgesprochen geizige Frau, mal für eine überaus pingelige, mal für eine schlampige. Alle hatten aber, wenn man Tante Mena so hörte, unangenehme, mal hochnäsige, mal bösartige Männer, die ihre Frauen tyrannisierten. „Da bin i froah, dass i koan' han, von der Sortn!" war ihr zufriedenes Resümee.

5. Auf dem Winterlehof

Am Ende der 5.Klasse rückte der Termin für die Abschlussprüfung der Volksschule näher. Just an dem Tag stand aber das Kartoffelsetzen auf unserem Acker an und meine Mutter fragte den Lehrer um Erlaubnis, ob ich nicht trotz der wichtigen Prüfung von der Schule freigestellt werden könnte. Es würden halt alle Hände bei dieser wichtigen Arbeit gebraucht. Der Lehrer, ein junger Herr aus dem unteren Vintschgau, antwortete: „Der Karl brauch nit (vintschgerisch: nein) unbedingt zu kemmen, i weiß schun, was i ihm für Noten geben werd'".

Also blieb ich am Tag der Prüfung daheim auf dem hoch auf dem Salten gelegenen Berghof Namens Winterle, den mein Vater im Frühjahr des Jahres 1960 gepachtet hatte. Jetzt endlich hatte er sich einen lange gehegten Wunsch verwirklicht und ist Bauer geworden. Die Mutter war mit dieser Aktion allerdings gar nicht einverstanden. „Dou aui (hinauf) geah i dir net! In der Hütt' werd men im Winter nou (noch) derfriern. Und wohin solln die Kinder in die Schul giehn und bis ze der Kirch isch es a fascht anderthalb Stundn ze Fueß!" schimpfte sie.

Er aber ließ sich nicht von dieser Idee abhalten und führte sein Vorhaben auch ohne meine Mutter durch, fragte ein kinderloses Ehepaar aus der Nachbargemeinde Mölten, ob es mit einzöge und ihn und uns verpflegen und bei der Feld- und Stallarbeit helfen würde. Sie sagten zu und waren bei uns auf dem Hof, wohnten im selben kleinen Haus und zogen fort, als die Frau nach etwa einem Jahr schwanger wurde. Er war ein hagerer, drahtiger Kerl namens Toni und seine auf uns recht streng wirkende Frau hieß „Trehs" (Theresia).

Der Winterlehof um 2006. Die Tische und Bänke vor der Haustür wurden noch von meinem Vater vor knapp 50 Jahren errichtet.

Die beiden waren wohl recht erfahrene Bauersleute. Jedenfalls erkannte Toni sofort eine Krankheit, die unser Schwein heimgesucht hatte. Sie hatte zu einer Verhärtung der Maulwinkel geführt, so daß das Tier das Maul nicht mehr öffnen und nicht fressen konnte und dadurch immer mehr abmagerte. Er sagte: „Der Fock hat den Dachs (Das Schwein hat den „Dachs") und wusste auch, wie man sie „operativ" beheben konnte. Hierfür wurde dem Tier ein dicker Holzknüppel in das Maul geklemmt und mit einem Seil der Unterkiefer am Rüssel fixiert. Dann wischte Toni sein frisch gewetztes Taschenmesser an einer sauberen Stelle seines Hemdsärmels ab und begann, unter ohrenbetörendem Schreien der Sau, die Verhärtungen aus den beiden Maulwinkeln zu schneiden. Das endlich erlöste Tier wurde dann blutend in den Schweinestall entlassen. Tatsächlich, nach kurzer Zeit fraß es wieder wie gewohnt gierig und nahm bis zum Schlachttag ordentlich zu.

Die Trehs kochte für uns – die Mutter blieb ja mit den drei kleinen Schwestern vorerst in der Villa Waldrast – , machte den Haushalt und die für Frauen anfallende Arbeit auf dem Hof. Sie wusste eines Tages Rat, als ich nach dem Trinken aus einer der vielen, damals noch sauberen Quellen der Saltenwiesen von heftigen Magenschmerzen geplagt wurde. „Da wersch du halt e Spinn oder sischt (sonst) so an Ungeziefer derwischt hobn. Trink a mal a „Stamperle" (kleines Schnapsglas) Schnaps!" Das "Stamperle" hatte sie aus einer grünen Literflasche gefüllt, von deren Existenz ich vorher nichts wusste. Und tatsächlich, kurz nachdem ich den im Mund und Hals stark brennenden Schluck im Magen wärmend spürte, ließen die Schmerzen relativ schnell nach. Nach ihrer Meinung wurde durch den Alkohol das geschluckte Insekt abgetötet.

Das war meine erste Bekanntschaft mit einem alkoholischen Getränk, wenn man von den kleinen, eher widerlich schmeckenden Schlucken des Rotweins mal absieht, die wir manchmal nahmen, wenn das Viertel- oder Halbliter Glasgefäß von der „Plattner Nandl" (damals Wirtin im Gasthof Jenesien) zu voll gemacht worden war und beim Heimtragen überzuschwappen drohte. Zum „Plattner Wirt", ältere Leute nannten den Gasthof Jenesien auch „Wieterer Sepp", wurden wir häufig von unserem Vater geschickt, ein „Viertele" oder manchmal auch eine „Halbe" Rotwein zu holen, wenn das Weinfass im eigenen Keller leer war. Dieses Gasthaus ist nur etwa fünf Minuten von der Villa Waldrast entfernt.

Eine weitere Person war in den ersten Jahren beim Winterle, die „Lahner Nanne". Sie erschien mir damals sehr alt. Wahrscheinlich war sie aber höchstens siebzig, aber wie viele Bergbewohner von der harten Arbeit, den weiten, beschwerlichen, im Leben bereits zurückgelegten Wegstrecken und der rauen Witterung auf den Feldern gezeichnet. Sie hatte schon vorher auf dem Hof gelebt und musste wohl mit der

Pacht übernommen werden. Eine große Hilfe war sie jedenfalls weder im Haus noch bei der Arbeit im Freien. Auf dem Acker, während der Kartoffellese, konnten wir Kinder verwundert beobachten, wie sie in gebührender Entfernung von uns mit gespreizten Beinen und auseinander fallendem Rock stillstand und einen kleinen Wasserfall auf den Acker laufen ließ. „Ja hott de-i koane Unterhosn un?!" sagte meine ältere Schwester staunend zu mir und lachte.

Sie sprach einen recht derben Dialekt und hatte die hochdeutsche Sprache wohl noch nicht so richtig mitbekommen. Denn als aus unserem kleinen tragbaren Radio in der Küche Nachrichten und der Wetterbericht gesendet wurden, sagte sie: „Was sogg denn der dou? Den versteah i net."

Unser Pferd war natürlich der Stolz des Vaters. Es wurde zu allen Arbeiten eingesetzt, die auf dem Hofe anfielen, wie zum Beispiel zum Pflügen, zum Mist auf die Felder Fahren, zum Heimbringen von Holz und Heu, zum Einkaufen von Viehsalz, Wein und Mehl. Vater hatte es bereits im fortgeschrittenen Pferdalter gekauft. In seinen jungen Jahren wurde es bei den Haflinger-Galopprennen in Meran eingesetzt, die jedes Jahr am Ostermontag stattfanden und -finden. Deshalb nutzten wir größeren Kinder es auch manchmal zum "Reiten". Als ich da eines Tages ohne Sattel auf dem Pferd saß und es antrieb, zauderte es und trottete mit mir auf dem Rücken auf der Wiese weiter und war mehr an guten Grashalmen interessiert als an meiner Reitfreude. Als wir unter einer Lärche ankamen, ergriff ich einen Zweig und brach ihn vom Baum. Da galoppierte das Tier sofort los, als es diese „Peitsche" in meiner Hand aus dem Augenwinkel erahnte. Ich hatte Mühe, mich festzuhalten, blieb aber einigermaßen stabil auf dem Rücken sitzen, da ich mich an der Mähne festhalten konnte. An der ersten Kurve, die das immer noch schnell galoppierende Ross schlug, rutschte ich aber seitlich ab und stellte mir schon in Panik vor, wie es mir wohl gleich ergehen werde, wenn ich auf den Boden fallen und womöglich noch das Pferd auf mich treten würde. Instinktiv umklammerte ich den Hals des Pferdes, das dann mit mir am Halse hängend in den Trab überging und, Gott sei Dank, bald stehen blieb, so dass ich mich wieder gefahrlos auf den Boden stellen konnte.

Hier kann man meine „Reitkünste" hinter dem Winterle-Haus bewundern (etwa 1961). Weder Ross noch Reiter litten damals an Übergewicht.

Das Reiten mit unserer Friede, so hieß das Pferd, hatte der Vater natürlich ausdrücklich verboten, sobald es nach Aufsuchen des Zuchthengstes an der Deckstelle beim "Gamper Sepp" in Jenesien „traget" (schwanger) geworden war.

Hans und Friedl, meine beiden älteren Brüder, hatten in jener Zeit eine Bäckerlehre in Bozen begonnen. Übers Wochenende, das damals ja nur aus einem freien Sonntag bestand, kamen sie manchmal zu uns hoch. Friedl interessierte sich überhaupt nicht für die Landwirtschaft. Sein Augenmerk galt sogleich dem Holzhaus, das in nächster Nähe vom Winterlehaus stand und einem Bozner Metzger gehörte, der es im Sommer mit der ganzen Familie als Unterkunft für die Sommerfrische nutzte und es folgerichtig „Summerle" nannte. Die Fenster dieses Hauses waren mit Fensterläden aus Holz verschlossen. Friedel aber wollte wissen, wie es im Inneren aussieht und stemmte sie mit einem Holzknüppel auf. Da sahen wir im halbdunklen Raum einen Tisch, eine Eckbank und Stühle. An der Wand aber hingen verschieden Geweihe und ausgestopfte Vögel. Die krummen Federn eines Spielhahns waren für ihn offensichtlich unwiderstehlich. Er stieß mit dem Stock die Fensterscheibe durch, griff durch das entstandene Loch mit der Hand durch, öffnete das Fenster und stieg in den Raum ein. Da wurde es mir doch sehr mulmig und ich hatte kein gutes Gefühl bei der Sache. Er aber kam bald danach mit einem Büschel der krumm gebogenen dunklen Federn und steckte zwei davon auf seinen grünen Hut, der noch aus der Schuhplattl-Ausrüstung des großen Bruders Luis stammte und den er gerne aus Jux trug.

Als der Besitzer am einem der folgenden Samstage sein Ferienhaus besuchte, blieb ihm der Einbruch natürlich nicht verborgen, wahrscheinlich auch nicht die recht seltenen Federn auf Friedls Hut. Er fragte meinen Vater, ob er etwas Verdächtiges mitbekommen hätte. Da dieser aber verneinte, ging er zu den Carabinieri (Polizei) nach Jenesien und meldete den Vorfall. Die ließen nicht lange auf sich warten und sahen sich den Tatort an. Anschließend befragten sie alle. Wir, meine drei jüngeren Schwestern und Friedl, waren gerade auf der Wiese oberhalb des Hauses mit der Heuarbeit beschäftigt. Obwohl keiner von uns das Thema ansprach, spürte man die Anspannung in der Luft. Da kam auch schon der Vater mit langen Schritten zu uns hoch und ging auf Friedl zu. „Die Lina hat's den Carabinieri gsogt, dass du, Friedl, ingebrochen hasch. Ja schahmsch (schämst) du di denn net? Wersch nou a mal a Zuchthäusler, wenne esou weitr machsch!"

Nach der Aufklärung des Falles aber setzten sich der Bozner Metzger und mein Vater zusammen und überlegten sich, wie man den Schaden beheben und die Sache in Ordnung bringen könne. Die Fensterscheibe ließ mein Vater reparieren und dem teilweise gerupften Vogel verhalf der Metzger, der auch ein passionierter Jäger war, wieder zu seinem ihm zustehenden Federschmuck. Das Verhältnis zu diesen Nachbarn der Sommerzeit normalisierte sich bald wieder, ja es wurde recht freundschaftlich, als sie zur Sommerfrische eingezogen waren. Wir versorgten sie täglich mit frischer Milch, mit Eiern und Kartoffeln. Da die Kinder etwa in unserem Alter waren, ergaben sich viele gemeinsame Spielmöglichkeiten mit ihnen.

Meine beiden älteren Brüder, Hans und Friedl, waren wie gesagt, meist sonntags, oder wenn sie Urlaub hatten, bei uns auf dem Winterle Hof. Sie sprachen des Öfteren über die schlechten Gehälter, miesen Arbeitsbedingungen und fehlenden Perspektiven als Bäckerlehrlinge in Bozen und erzählten von Berichten anderer, wonach man in Deutschland viel besser verdienen und mit dem Verdienten leben könne. Wie viele junge Landsleute so um das Jahr 1960 herum wurden sie voll von der damals noch sehr ungerechten Behandlung der deutschsprachigen Südtiroler bei der Vergabe von öffentlich ausgeschriebenen Stellen und zusätzlich von der immer noch schlecht laufenden Konjunktur im Land getroffen. Als die Berichte von für uns damals unvorstellbar hohen Löhnen in Deutschland immer mehr zunahmen, entschlossen sie sich zur Auswanderung und bauten sich erst in München, später in Niederbayern beide eine Existenz auf und gründeten Familien. Hans allerdings wollte sich noch einmal verändern und wanderte später mit seiner Familie nach Australien in die Umgebung von Melbourne aus, wo er ein großes Stück Weideland erwarb und mit der Aufzucht von Rindern seine Freude hatte, bis er viel zu früh im Alter von 46 Jahren an Darmkrebs verstarb.

Auf dem Winterlehof tauchten hin und wieder Leute auf, die mir sonderlich erschienen. Einer davon war ein Bozner Rentner, der aber noch sehr fit war und erstaunliche Fußmärsche zurücklegen konnte. Nach etlichen Rotweingläschen wurden diese bei seinen Erzählungen nochmals um ein gutes Stück verlängert. Er war übrigens bei uns eingekehrt, weil der Vater einen kleinen Ausschank betrieb, wofür er vor dem Haus drei Tische und Bänke aus Brettern gefertigt hatte, die heute noch relativ gut erhalten zu sehen sind. Außer den Getränken wie Wein, Bier, Orangensaft, Milch oder, nach dem Butterschlagen, auch Buttermilch, boten wir kleine Gerichte wie Kaiserschmarrn, Knödel mit Salat oder einen Speck- oder Käseteller mit Brot an. Wasser wurde damals ausschließlich aus der Leitung getrunken und war natürlich kostenlos.

Der Gerber Toni war ein weiterer, häufiger Besucher. Er hatte in der näheren Umgebung ein Jagdhäuschen, in dem er schlief und in dem seine Jagdtrophäen an den Wänden hingen. Da er aber Junggeselle war und nach den Jagdausflügen keine Lust hatte, sich selbst eine warme Mahlzeit zu bereiten, nutzte er unser Angebot an Speisen und Getränken zu seiner Stärkung. Er machte auf mich immer einen gepflegten, sauberen Eindruck und seine Gesprächigkeit nahm proportional mit der Anzahl der genossenen Viertele des roten Weins zu.

Der Kroper, ein Bauer aus dem weit unterhalb liegenden Ortsteil der Nachbargemeinde Mölten namens Verschneid, war ein ganz anderes Kaliber. Von ihm kaufte mein Vater hin und wieder ein Schaf und bei diesen Geschäften wurde, wie damals unter Bauern üblich, kräftig gefeilscht, wobei mein Vater versuchte, erst mal den Zustand des anvisierten Schafs so schlecht wie möglich darzustellen. Anschließend klagte er darüber, wie wenig Wert das Geld heutzutage sei und dass man nichts mehr dafür bekäme. Ganz anders natürlich der Kroperbauer: sein Schaf sei wie alle seine Tiere bestens gepflegt und kerngesund. Auch sei es gerade dabei an Gewicht zu zunehmen und es könne schon bald zu einem Widder geführt werden und dann „lämpern" (Junge bekommen). Er war, wie damals unter Bauersleuten üblich, mit Hut, Rucksack und Gehstock angekommen und sprach sehr laut und ungehobelt. Er kaute Tabak, seine Lippen waren braun und er spuckte ständig auf den Boden. Ja selbst in der Küche und in der Stube ließ er davon nicht ab. Ich sah, wie meine Mutter sich schaurig von ihm abwandte und heilfroh war, als er endlich das Haus wieder verließ. Sofort holte sie den Putzeimer und wischte den Holzboden der beiden Räume sauber. „Der kann mir g'stohln bleibm! A sölle Fock! (So ein Ferkel!)" Wetterte sie zu Recht, hatte es aber nicht gewagt, ihn vorher aus dem Haus oder mindestens zurechtzuweisen. An seinem Hof kamen wir bei den Kirchgängen an manchen Sonntagen vorbei, wenn wir uns für den Besuch der Messe in der Verschneider Kirche anstelle der von Jenesien entschieden hatten. Es war dort so auffallend unordentlich vor dem Haus und im Hof, dass es selbst uns Kindern auffiel. In seiner Stube, so wurde erzählt, habe er Schafe geschlachtet. Entsprechend muss es also wohl auch im Haus ausgesehen haben.

Hier sind meine Mutter, meine Schwester Veronika und ich am Küchentisch beim Butterschlagen, links ist der Rand des Herdes erkennbar, hinten die Tür zur Speisekammer.

Die Mutter war, als das Ehepaar Toni und Trehs uns wegen Schwangerschaft verlassen hatten, schweren Herzens doch noch nachgezogen. So allmählich fand aber auch sie Freude am Bauernhof, zum Einen weil sie nun ihre geliebten Hühner frei auf den weiten Wiesen rund um Haus und Scheune laufen lassen konnte, wo sie eifrig nach Würmern und Gräsern picken konnten und uns täglich frische Eier in die Nester legten, zum Anderen, weil es uns wirtschaftlich nun auch etwas besser ging, als in der Villa Waldrast, wo der Vater als Tagelöhner und die Mutter mit dem Gartenbau unser Einkommen nur notdürftig sichern konnten. Sie war ja auch schon während des ersten Jahres zum Winterle gekommen, wenn die Mäh- und Heuarbeit, die Kartoffelernte oder sonst ein aufwendiger Arbeitsgang anstanden. Nun schlug sie vor, auf dem großen Acker Salat und Karotten anzubauen, eine Idee, die mein Vater gut fand, konnte man auf dieser Meereshöhe ja erwarten, dass der Salat gerade dann erst schön knackig und erntereif sei, wenn das Angebot auf dem Land (so sagten wir damals zum Gebiet, das in der Ebene unten liegt) und auch in Jenesien wegen der Sommerhitze nicht besonders groß und am Abklingen war. Außerdem war der Transport nach Bozen kein Problem, weil wir nun ja ein Haflingerpferd und einen Wagen mit Penne, in die viele Salatköpfe geschlichtet werden konnten, besaßen und nicht mehr die Last auf dem Rücken mühsam zu den Kunden in die Stadt tragen mussten.

Das Gemüse wuchs nach der Aussaht schnell und prächtig. Die Mischung aus Karotten und Kopfsalat hatte sich ja immer schon bewährt. Das Unkraut ließ aber auch nicht auf sich warten und so mussten wir durch den Gemüseacker steigen und den kniehohen Schierling herausziehen, aber uns auch nach dem tiefer am Boden wuchernden Unkraut, wie den „Hiehnerdarm" (Hühnergedärmen, korrekte Bezeichnung nicht bekannt) bücken, es in Körben sammeln und auf den Misthaufen werfen. Bei dieser Tätigkeit lachten mich die Salatköpfe an, besonders deren leckere Herzen. Verstohlen brach ich eines davon heraus und aß es. Hm! Das schmeckte! So blieb es nicht nur bei dem einen. Als aber in den nächsten Tagen die Mutter vom Unkraut jäten zurückkam, hörte ich sie zum Vater sagen: „Was werd denn dess lei (nur) sein, der Soulet isch hin und wieder genau in der Mittn ungfressn, aber lei schi-en (schön) in der Mittn?" Vater wusste natürlich auch nicht, welches Tier sich dergestalt an unserem Salat laben würde. Ich hatte nicht den Mut, den Eltern die Wahrheit zu sagen, unterließ aber fortan den Genuss der Salatherzen.

In der Sommerzeit kam es besonders nach der schwülen Mittagshitze zu Gewittern, die von einem Donner, der mit vielfältigem und langanhaltendem Echo durch die Täler und über die Bergrücken grollte, sich von ferne ankündigten, sich aber manchmal auch schlagartig fast aus dem Nichts vor Ort aufbauten. Da die Blitze auf dem Weg zur neutralisierenden Erde den kürzesten Weg suchen, ist es nicht verwunderlich, dass die Einschlagdichte umso mehr zunimmt, je höher man sich befindet. So waren und sind die Gewitter auf dem Salten auf fast 1500 Meter Meereshöhe schon sehr berüchtigt und gefürchtet. Besonders hatte man uns davor gewarnt, unter den mächtigen Lärchen vor dem Regen Schutz zu suchen, denn sie wurden regelmäßig von Blitzen getroffen, wie man an den vielen, meist an einer Seite der Baumstämme senkrecht nach unten verlaufenden Rinden-Wunden erkennen kann.

Wir hatten gerade in Eile das schützende Haus erreicht, als sich so ein Unwetter über uns zusammengebraut hatte. Die Mutter nahm, wie meistens, in der Küche gleich irgendeine Arbeit auf. Lina war bei ihr. Wir, der Vater, die drei kleinen Schwestern und ich, waren in der Stube und beobachteten die immer näher kommenden Einschläge durch die kleinen Fenster. Da krachte der Donner schon fast gleichzeitig mit dem Blitz und man hörte anschließend ein lautes Knistern, mit dem die Hitze des Blitzes die Rinde von einem Baumstamm absprengte. Meine ältere Schwester wollte gerade von der Küche zu uns in die Stube kommen, um auch dem Treiben der Naturgewalten zuzusehen, da tat es einen Schlag und eine Stichflamme stieß aus der Steckdose und dem Lichtschalter und schleuderte sie zu Boden. Ich lief geschockt in die Küche und wieder zurück. Mir war es, als wären alle getroffen worden und lägen auf dem Boden. Lina selbst glaubt sich zu erinnern, dass die Mutter von der Wucht des Einschlags durch die Holztüre in die Speisekammer geschleudert wurde. Sie waren aber wohl nur eine Weile wie elektrisiert und – es kam mir ewig vor – stumm erstarrt. Endlich kümmerten sich dann die Eltern um die verletzte Schwester am Boden, die noch keinen Ton von sich gab. Die kleinen Schwestern fingen das Weinen an und sagten zum Vater: „Gien mer decht lieber wiedr oi, Tate! (Gehen wir doch lieber wieder hinunter (ins Dorf), Papa!)" In Vaters Augen sah ich in dem Moment eine quälende Verzweiflung. Sollte er sich dem Unwetter beugen und das aufgeben, was er sich so lange erträumt und wofür er inzwischen hart gearbeitet hatte?

Die Verletzung bei meiner Schwester beschränkte sich im Wesentlichen auf die Augen, wenn man von dem Pfeifton in den Ohren einmal absah, der sie noch wochenlang quälte. Nachdem sie zu Bett gebracht worden und einige Tage in der dunklen Kammer verbracht hatte, da ihre Augen kein Sonnenlicht vertragen konnten, sagte die Mutter, dass es so nicht weitergehen könne und es doch besser sei, wenn man mit der Lina zum Arzt ginge. Da stimmte auch der Vater zu und sah ein, dass diese Blitzverletzung der Augen wohl nicht von selbst verheilen werde. Sie wurde dann von zwei Erwachsenen ins etwa eine gute Stunde entfernte Dorf zum Arzt geführt und bekam eine beruhigende Augensalbe und eine dunkle Sonnenbrille, die sie vor den stechenden Sonnenstrahlen schützte. Allmählich erholte sie sich und so langsam kehrte wieder der Alltag ein und wir blieben auf dem Winterlehof.

Eines Tages war der „Reider-Schuster" bei uns zu Besuch. Der Anlass für sein Kommen ist mir nicht mehr bekannt. Wahrscheinlich hat er aber unsere Schuhe vor Ort neu besohlt und geflickt. Er saß auf einer der Bänke auf der Wiese vor unserem Haus und trank gerade ein Glas Rotwein, als wir, Lina und ich, den Beschluss fassten, unsere Katze zu schlachten. Bis zu jenem Tag hatten wir die Minka, wie wir sie nannten, recht gern gemocht und hatten uns gefreut, wenn sie auf unserem Schoß liegend nach einigen Streicheleinheiten zufrieden zu schnurren begann, oder wenn sie stolz mit einer Maus im Maul aus der Wiese heraus kam. An jenem Tag aber hatte sie unsere freilaufenden Kaninchen angegriffen und ein junges Tier so schwer mit ihren Tatzen und mit Bissen verletzt, dass wir es nur noch durch einen

Stockhieb hinter die Löffel von den Schmerzen erlösen konnten. Das war das Todesurteil für Minka. Wir fingen sie ein und steckten sie in einen Sack, hielten ihn zu und schleuderten ihn gegen die Hauswand. Als wir die Katze herausnahmen, stellten wir aber fest, dass sie noch lebte. Also fasste ich das Tier an den Hinterbeinen, schwang es im Kreis so lange durch die Luft, bis wir annahmen, dass sie nun schwindelig sei und auf dem Hackstock ruhig liegen würde. Lina konnte dann tatsächlich mit dem Beil ihr den Kopf abtrennen. Dann machten wir uns an das Ausweiden, denn das Fleisch der Katze wollten wir auch noch verwerten. Hierzu gingen wir so vor, wie wir es bei den Kaninchen vom Vater gezeigt bekommen hatten. Wir zogen ihr das noch warme Fell von den Hinterläufen beginnend ab, ließen das Blut aus dem Hals laufen und entfernten dann die Innereien. Dann baten wir die Mutter, uns das Fleisch in der Pfanne zu braten. Das tat sie auch und der recht magere Katzenbraten hat uns damals nicht mal so schlecht geschmeckt. Der „Reider-Schuster" aber hat diese unsere Aktionen fasziniert von der Bank aus beobachtet und ist dabei dermaßen ins Lachen geraten, dass er die Mutter und den Vater mit seinem Gekicher ansteckte und alle sich vor Lachen krümmten. So blieb das "Katzenschlachten" noch lange ein Gesprächsthema, das sich belustigend immer wieder gut erzählen ließ. In der heutigen Zeit hätte man für einen solchen „natürlichen" Umgang mit Tieren kein Verständnis mehr.

Wenig später ist der Reider-Schuster schwer erkrankt und wurde bettlägerig. Als wir, meine Mutter und ich, bei einem unserer Kirchgänge ins Dorf etwas vor Beginn der Messe angekommen waren, hatten wir noch etwas Zeit, um bei der Schuster-Familie ein paar neu gefertigte Schuhe abzuholen und dem Reider-Schuster einen Krankenbesuch abzustatten. Das war ein einschneidendes Erlebnis für mich. Der totkranke Mann lag unter einer dünnen Decke im Bett neben dem warmen Lehmofen in der Stube. Als wir den Raum betraten, richtete er sich mühsam auf. Er bestand nur noch aus Haut und Knochen und sah für mich aus, wie der Tod. Es schauderte mich so sehr, dass ich den Raum verlassen und kreidebleich in der Küche auf die Mutter warten musste. Dort bot mir die Reider-Schusterin, eine mit meiner Mutter befreundete, nette Frau, die wohl meinen Zustand bemerkte, ein Glas Himbeersaft an, den sie aus einem aus wilden Beeren gekochten Sirup durch Verdünnung mit Trinkwasser bereitete. Ich nahm dankend an und war heilfroh, dass ich bei der Verabschiedung nicht ganz um die Ecke schauen musste und vom kranken Mann nur noch ein schwaches, dünnes „Pfüeti" aus der Stube stammeln hörte. Das abgemagerte Gesicht wollte mir während des ganzen Gottesdienstes nicht mehr aus dem Kopf gehen und es verfolgte mich noch lange Zeit danach. Es war meine erste Begegnung mit dem Sterben.

Nachdem ich die Abschlussprüfung der 5. Volksschulklasse, die zum Übertritt in weiterführende Schulen befähigte, bravourös in Abwesenheit beim Stecken der Kartoffelsetzlinge bestanden hatte, wurde des Öfteren darüber diskutiert, wie es mit mir nun weitergehen sollte. Da war zum einen die Empfehlung des Lehrers, mich unbedingt auf die Mittelschule nach Bozen zu schicken, deren erfolgreicher Abschluss wiederum die Türen zum Gymnasium oder zur Gewerbeoberschule öffnen würde. Dagegen sprachen aber unsere wirtschaftliche Situation und die Tatsache, dass mein Vater erkannt hatte, wie gut ich mich für die Landwirtschaft eignete und dass ich auch Freude an der Arbeit als Bauer hatte. „ Ess werd't mir decht net den Karl wegnemmen!" sagte er bei einer Besprechung am Mittagstisch. Aber meine Mutter und Edl (Eduard), mein zweitältester Bruder, der gerade mal zu Hause war, warfen ein, dass wir ja keinen Hof besaßen und die Pacht des Winterlehofs jederzeit vom Besitzer gekündigt werden konnte, wobei diese Gefahr ja auch deshalb recht groß sei, weil dieser zwei Söhne und zwei Töchter hatte, die alle in absehbarer Zeit die Schule verlassen und eine Existenz gründen würden. Nur meine Freude und mein Geschick an der Arbeit der Bergbauern und beim Umgang mit dem Vieh war zu wenig für die Gestaltung einer tragfähigen Zukunft, wenn die Grundlage dazu, eben der Grund und Boden, nicht vorhanden seien.

Edl war damals bereits 20 Jahre alt und hatte das Eucharistinergymnasium in Meran besuchen dürfen, natürlich mit der festen Absicht, dass er nach der Matura, der Reifeprüfung, das Studium der Theologie beginnen und Pfarrer werden sollte. Dass er aber nach der Matura keine Lust auf das Zölibat verspürte und anstelle der Theologie mit dem Chemiestudium weitermachte, steht auf einem anderen Blatt. Der Widerstand meines Vaters war bei ihm natürlich geringer ausgefallen, ja gar nicht vorhanden. Wie hätte er auch gegen argumentieren sollen, war er damals nur Holzhändler und noch kein stolzer Pächter auf einem Hof. Aufgrund seines Abstands und seines in der Fremde erworbenen Weitblicks setzte sich Edl vehement dafür ein, mich auf die Mittelschule zu schicken. Meine Mutter zitierte immer wieder den Lehrer und sagte: „Wenn er schun sou sagt, uhne dass mir ‚n gfragt hobn, werrn mir'n schun studiern lassn müassn!" (Damals wurde der Besuch von Schulen im Anschluss an die Volksschule bereits als Studium bezeichnet). Edl wusste von einem neu erbauten Schülerheim, dem Gamperheim in Bozen-Gries, das eigens für bedürftige oder weit von den weiterführenden Schulen entfernt wohnende Kinder errichtet worden war. Durch die große Entfernung von der Seilbahnstation bedingt war es für mich undenkbar, vom Winterlehof aus die Mittelschule zu besuchen. Da war es ein glücklicher Zufall, dass diese Einrichtung kurz vorher errichtet worden war.

Der Kanonikus Michael Gamper, nach dem das Heim benannt wurde, hatte sich in der faschistischen Zeit zwischen den beiden Weltkriegen mit großem Idealismus, auch unter Gefährdung der Freiheit und des eigenen Lebens, für die damals vom Staat verbotenen, an geheimen Orten stattfindenden Katakombenschulen und den Unterricht in der deutschen Muttersprache in Südtirol eingesetzt. In so einer Katakombenschule war auch meine Mutter als Lehrerin in den dreißiger Jahren tätig. Dazu hielt sie mit den Kindern der Nachbarbauern in der Stube des relativ zentral gelegenen Gruber-Bauern in Vorderafing den verbotenen Unterricht und versteckte sofort alles verdächtige Schreibzeug, sobald ihr das Nahen einer unbekannten Person gemeldet wurde. Sie spielte dann mit den Kindern, bis der Fremde wieder außer Sichtweite war. Mein ältester Bruder Luis, Jahrgang 1936, besuchte noch kurze Zeit in den Kriegsjahren die Katakombenschule beim Egger-Bauern in Jenesien, wo eine mutige Lehrerin mit dem Decknamen "Mela" den verbotenen Unterricht gestaltete.

Dieses Schülerheim erhielt finanzielle Unterstützung aus dem deutschsprachigen Ausland, wie zum Beispiel von der „Stillen Hilfe für Südtirol", die nach dem Krieg in Deutschland für die Unterstützung bedürftiger Menschen im armen und noch nicht vom Wirtschafts-Aufschwung erfassten Südtirol ins Leben gerufen wurde. So konnte ich, aus einer mittellosen, oder zumindest immer noch recht armen Familie stammend, völlig kostenlos untergebracht werden, wie Edls Erkundungen ergeben hatten. Also brach auch das finanzielle Argument meines Vaters weg und er gab mürrisch und verärgert den Widerstand endlich auf. „Wenn ess es besser wißt! Der Karl hätt' halt a Freud g'habt als Bauer!" verließ er murmelnd die Stube.

Meine Eltern, mein ältester Bruder Luis, meine vier jüngsten Schwestern und Sulfa, unser Bernhardiner, um 1962 in der Nähe des Winterlehofs.

6. Schülerheim und Gymnasium

So kam es, dass ich in die Mittelschule nach Bozen gehen durfte. Dieser dreijährige Unterricht war dem Gymnasium vorgeschaltet. Nur zwei weitere Mädchen aus unserer Volksschulklasse begleiteten mich dabei. Sie fuhren aber täglich mit der Seilbahn vom Dorf in die Stadt, da ihre Familien in der Nähe der Seilbahnbergstation im Dorfzentrum wohnten. Später auf dem Gymnasium war ich dann der einzige aus dem ganzen Dorf, der meines Wissens in dieser Zeit „studierte". Alle anderen blieben auf der Volksschule – die Schulpflicht endete damals beim Erreichen des vierzehnten Lebensjahres – und begannen anschließend eine Lehre oder gingen zur Arbeit.

Der Einzug ins Schülerheim war für mich der Eintritt in zwei neue Welten: Zum einen die Welt des Heimes, die mit ihrem eigenen Ablauf und den vielen fremden Kindern, Jugendlichen und den neuen Vorgesetzten nun Ersatz für die Geborgenheit in der Familie – sei es in der eigenen oder in der beim Remp – und für die Vertrautheit der dörflichen Gemeinschaft sein sollte und zum anderen die Welt einer ganz anders gestalteten Schule mit so vielen neuen Lehrern, in der ich erst mal herausfinden musste, ob ich das, was da von mir verlangt wurde, nach wie vor schaffen konnte.

So aus der familiären Geborgenheit herausgerissen litt ich anfangs doch sehr unter Heimweh, fand allerdings Trost in der Erkenntnis, dass es ja allen im Heim so ähnlich ergehen musste, obwohl nie jemand darüber sprach. Schwächen wollten wir halt alle keine zeigen. Andererseits tröstete mich der Ausblick auf eine damals nicht jedem ermöglichte schulische Ausbildung und auf einen guten Beruf. Auch die Ablenkung, die die nötige, große Anstrengung in den ersten Schulwochen mit sich brachte, verminderte nach und nach den innerlich zehrenden Wunsch nach Rückkehr in die alte Vertrautheit, den man Heimweh nennt. Dennoch war ich später bei der Lektüre von Goethes Mignon der festen Überzeugung, dass kein Mensch auf Erden den folgenden Teil des Gedichts je besser verstehen konnte und kann als ich.

Nur wer die Sehnsucht kennt, weiß, was ich leide!
Allein und abgetrennt von aller Freude,
seh' ich ans Firmament nach jener Seite.
Ach! Der mich liebt und kennt, ist in der Weite.
Es schwindelt mir, es brennt mein Eingeweide.
Nur wer die Sehnsucht kennt, weiß, was ich leide!

Beim Umzug ins Gamperheim begleitete mich meine Mutter. Wir hatten mein Gepäck, das aus einem kleinen Koffer bestand, den etwa einstündigen Fußmarsch nach Jenesien getragen. Neben meinen Kleidern hatte ich in ihm auch Schreibzeug und meine Griffelschachtel verstaut. Wir fuhren mit der Seilbahn nach Bozen. An der Talstation erwartete uns meine älteste Schwester Mena mit einem Auto, einem NSU-Prinz! Das war schon außergewöhnlich und kam daher, dass sie kurz vorher einen Automechaniker aus Eppan geheiratet hatte. Auf diese Hochzeit möchte ich nun kurz eingehen.

Zur Zeit der Trauung war ich noch beim Remp. Für das Hochzeitsfest zog ich die beste Kleidung an. Das war mein eigens für die Erstkommunion vom Schneider gefertigter Anzug, dessen Hosenbeine einen kleinen Wachstumsschub in der Zwischenzeit deutlich offenbarten. Nach dem Traugottesdienst verließ die Hochzeitsgesellschaft die Kirche in Richtung Villa Waldrast. Wie damals üblich wurde sie dabei von „zäunenden", das heißt, mit quer über den Weg gehaltenen Stangen oder mit Seilen den Weg versperrenden Kindern aufgehalten und der Brautführer musste den Weiterweg durch Auswerfen von Kleingeld freikaufen. Kaum hatte er, wie ein Bauer bei der Aussaht des Getreides, die Lire-Münzen auf die Straße klirrend verteilt, stürzten sich die Kinder gierig auf die verteilten Schätze und gaben den Weg frei. Wie gerne hätte ich mich da beteiligt, aber ich war ja bei den Geladenen! Das ganze wiederholte sich ein paar Mal und die Seitentasche des Brautführers, in der er die fünf, zehn, zwanzig und vielleicht auch ein paar fünfzig Lire Münzen griffbereit aufbewahrte, war schon deutlich leichter geworden, als wir zu Hause ankamen. Dort hatten zwei mit meiner Mutter befreundete Frauen bereits mit dem Zubereiten des Hochzeitsmahls begonnen und es duftete köstlich aus der Küche in den Gang und die Stube, wo zwei große Tische aneinandergereiht für die Erwachsenen und ein weiterer daneben für die Kinder feierlich gedeckt war. Nach der Fleischsuppe mit Fritatten wurden die köstlichen Schnitzel aufgetischt. Dazu gab es Reis und gemischten Salat. Auch auf unserem Tisch wurden wir mit ausreichenden Mengen der guten Speisen versorgt. Nach der Nachspeise, eine wunderbar schmeckende Birne Helene, wurden alle zum Fototermin auf die „Taggl-Wiese" nebenan gerufen. Als wir uns da so alle links und rechts des Brautpaares aufreihten, fragte der Vater des Bräutigams meine Mutter, was denn der fremde Bub da bei uns wolle und ob man den nicht fortschicken sollte. „Ja, des isch inser (unser) Karl, kennsch du den nou net?!" Klärte sie ihn auf.

Wir mussten alle in die Sonne schauend und lächelnd ausharren, bis der Fotograf endlich zufrieden war. Danach ging es nochmals in die Stube zurück, wo die dreistöckige Hochzeitstorte vom Brautpaar angeschnitten wurde. Nach Portionierung durch eine der beiden Gehilfinnen, wurden die Tortenstücke zum Kaffee – wir Kinder erhielten den gewohnten, aus Gerstenmalz bereiteten Trank – an alle verteilt. Für mich war damit das Hochzeitsfest zu Ende, denn ich hatte noch den Fußmarsch zum Remp vor mir, den ich vor Einbruch der Dunkelheit hinter mich bringen sollte.

Wir 5 jüngsten Kinder am Hochzeitstag der ältesten Schwester Mena, im Oktober 1959, am Kindertisch in unserer Stube vor dem Lehmofen mit Ofenbank.

Der Verkehr in Bozen hielt sich in Grenzen, als Mena uns von der Talstation der Seilbahn abholte und ins Schülerheim fuhr. „Moansch du, men sollet dem Karl a bißl Geld gebn fürs Heim und die Schul?" fragte meine Mutter und fügte hinzu: „Ach, ich moan, mir gebn ihm nicht. Wenn er Eppes brauchen sollet, werdn de-i sich schun meldn!" So wurde ich im Heim von den beiden zurückgelassen. Eine Haushälterin namens Mariedl führte mich in das mir zugedachte Zimmer, zeigte mir meinen Schrank, mein Bett und stellte mir meine drei Zimmerkollegen vor. Des Weiteren führte sie mich in den Waschraum, von dem aus die Toiletten erreichbar waren, und am Schluss zeigte sie mir den Wäscheschacht mitten im Gang, durch den wir die schmutzige Wäsche in die Waschküche in den Keller werfen konnten. Nach dem Wasch- und Bügelvorgang würde sie sie dann an die Besitzer verteilen. Die Zuordnung der einzelnen Kleidungsstücke erfolgte über vorher verteilte und von der Mutter eingenähte

Nummern, meine war die 171. Am Abend um 19:00 Uhr sollten wir uns zum Abendbrot im Speisesaal einfinden, wo uns der Heimleiter, der Regens, begrüßen und den Tagesablauf und weitere organisatorische Dinge erklären würde.

Das Gamperheim ermöglichte Kindern aus den entlegensten Ecken Südtirols den Besuch von weiterbildenden Schulen, die es meines Wissens ja nur in den drei größten Städten des Landes, nämlich Bozen, Meran und Brixen, gab. Sie kamen aus dem Deutschnonsberg, dem Unterland, dem Eggental, Gröden, Sarn-, Wipp- und Pfitschtal, dem Passeier- und Pustertal, aus Ulten und Sexten. Aus dem Vilnösser Tal waren die beiden Messner Brüder, Reinhold und Günter, im Heim untergebracht, aus denen noch einmal berühmte Bergsteiger werden sollten, mit dem bekannt tragischen Ende des letztgenannten. Sie übten fleißig für ihr Hobby. Viel bewundert wurde dabei die Fähigkeit der beiden, mit nur zwei Fingern an den Türrahmen Klimmzüge zu machen.

Meine Zimmerkollegen waren zwei Buben, Richard und Johannes, aus dem oberen Vintschgau, jener Gegend im Nordwesten Südtirols, in der der alemannische Einschlag im Dialekt deutlicher noch als anderswo im Land zu hören ist. Der dritte Junge hieß Winfried, er kam aus Kaltern und sprach den Dialekt der Unterlandler, der, etwas breiter als der Bozner Zungenschlag, im Süden des Landes gesprochen wird. Er war Halbwaise und schon vorher in einem Waisenheim untergebracht gewesen, weil seine Mutter völlig mittellos und nicht in der Lage war, sich um das Kind zu kümmern. Wir waren uns schnell einig, wer welches der vier Betten, zwei links, zwei rechts an den seitlichen Wänden aufgestellt, und wer welchen Schreibplatz am langen, fest montierten Tisch entlang der Fensterfront sein eigen nennen durfte. Hier waren allerdings die beiden Eckplätze die beliebtesten, wie unschwer an der Tatsache zu erkennen war, dass sie bereits von den beiden Vintschgauern, die als erste angekommen waren, durch Aufstellen von Büchern und Schreibmaterial belegt worden waren.

Nach der Morgenwäsche begann der Tag um 6:15 Uhr im Heim mit einer Andacht im Dachgeschoß, wo eine Hauskapelle mit Bänken wie eine kleine Kirche eingerichtet war. Um 6:45 gab es zum Frühstück zwei Brötchen und Marmelade. Wer Butter oder die damals noch seltene Margarine dazu sich aufs Brötchen schmieren wollte, musste sich diese selbst besorgen, durfte sie aber in einem großen Kühlschrank an der Küchenausgabe aufbewahren. Hier beneidete ich natürlich diejenigen, die sich diesen Luxus leisten konnten. Nach dem Frühstück blieb noch genügend Zeit für das Bereitmachen zum Weg in den Schulunterricht, der in einem Gebäude aus der Jahrhundertwende, etwa einen Kilometer vom Heim entfernt, in der Bozner Innenstadt täglich um 8:00 begann und meistens um 12:00 Uhr endete. Die Kinder und Jugendlichen im Schülerheim besuchten nun aber verschieden Schulen und kamen zu unterschiedlichen Zeiten zurück ins Heim. Deshalb erklang erst um 13:15 Uhr die Glocke, die zum Mittagstisch rief. Nach dem Mahl, das uns hungrige Burschen nicht immer so richtig satt machte, hatten wir Gelegenheit, auf dem geteerten Platz vor dem Heim Fußball oder Volleyball zu spielen, bis uns die Glocke wieder in unsere Zimmer befahl, wo wir von 14:00 bis 16:00 Uhr uns am Schreibplatz um die Hausaufgaben und das Lernen kümmern sollten. Danach hatten wir wieder eine Stunde zur freien Verfügung. Die meisten nutzten sie erneut zum Sport. Neben den erwähnten Sportarten im Freien hatten wir in einem großen Kellerraum Gelegenheit, Tischtennis und Tischfußball zu spielen. Nach weiteren knapp zwei Stunden, die zum Arbeiten für die Schule genutzt werden sollten, gab es um 19:00 Uhr das Abendessen. Nach dem Tischgebet, das vor und nach jeder Mahlzeit vom Regens vorgebetet wurde, hatten wir den Abend frei, bis um 21:00Uhr die Glocke die absolute Nachtruhe einläutete, auf deren Einhaltung größter

Wert gelegt wurde. Wer allerdings mit seinen Hausarbeiten noch nicht fertig war, durfte sich weiter im Studierzimmer aufhalten, musste aber dabei leise sein und die anderen nicht stören.

Der erste Schultag in der Stadt war natürlich eine aufregende Sache. Im Gang des Schulgebäudes stand bereits eine große Schar von Kindern, die sich offensichtlich zum Teil kannten, denn sie sprachen recht laut miteinander. Als der Lärmpegel sich immer höher schraubte, setzte plötzlich eine Stille ein. Eine erwachsene Männerstimme rief Namen auf und teilte sie dann einzelnen Klassen zu. Ich kam in die Klasse 1F. Unsere Klassenlehrerin begleitete uns in den Klassenraum und bat uns, Platz zu nehmen. Da ich nur meine Zimmerkollegen und die zwei Mädchen aus meinem Dorf kannte und die beiden Vintschgauer bereits eine gemeinsame Schulbank ansteuerten, hielt ich mich an Winfried und teilte mit ihm eine Bank in den mittleren Reihen. Nachdem wir nun brav da saßen, begrüßte uns die Klassenlehrerin, indem sie die Namen aus einer Liste vorlas und uns dabei fragte, aus welcher Gegend wir stammten. Dann sollten wir uns Notizen machen über das benötigte Schreibzeug und die erforderlichen Schulbücher. Dafür brauchte ich nun relativ schnell das nötige Kleingeld. Was sollte ich tun? Im Heim angekommen traute ich mich erst nicht mit den anderen darüber zu sprechen, dass ich kein Geld von den Eltern bekommen hatte. In dieser verzweifelten Lage fiel mir ein Zettel in meiner Hosentasche ein, den mir meine Schwester Mena beim Abschied gegeben hatte. Auf ihm war ihre Telefonnummer vermerkt. Ich vertraute mich dem Präfekten an, einem Priester, der den Regens (Heimleiter), einem weiteren Priester, bei der Beaufsichtigung der etwa 180 Schüler im Heim unterstützte und zusätzlich noch den Religionsunterricht in einer der Bozener Schulen gestaltete. Er ging mit mir zur Telefonzelle, die sich im Eingangsbereich des Schülerheims befand, gab mir einige Telefonmünzen, jene mit zwei

Rillen versehen, messingfarbenen Metallteile, die damals ausschließlich für die Benutzung der Telefonapparate anstelle der inflationsgeplagten Lire-Münzen verwendet wurden, und forderte mich auf, meine Schwester anzurufen. Ich könne ihm ja die ausgelegten Gebühren später einmal zurückgeben. Mena kam noch am gleichen Tag gegen Abend mit 20 silbernen fünfhundert Lire Münzen an, die sie sich, in der Hoffnung der italienischen Geldentwertung aufgrund des hohen Silbergehalts ein Schnippchen schlagen zu können, gespart hatte. Nun hatte ich auf einmal 10.000 Lire! Damit konnte ich alle geforderten Hefte und Bücher kaufen.

Im Heim wurde mir aber recht bald klar, dass man viel Geld sparen konnte, wenn man anstelle der teuren, neuen Exemplare aus dem Buchladen Athesia, gebrauchte Bücher von denjenigen erwarb, die sie im Vorjahr bereits benutzt hatten und eine höhere Klasse besuchten. So dachten im Heim viele, und es entstand ein regelrechter Bücherbasar mit den Schulbüchern der Vorjahresklassen. Da wurden alte, zum Teil auch schon recht ramponierte Exemplare angeboten, und kräftig gefeilscht, ganz im Stil der eigenen Väter auf den Viehmärkten. Ich hatte keine gebrauchten Bücher anzubieten und suchte nun – die mögliche Ersparnis im Hinterkopf – emsig nach den von der Klassenlehrerin geforderten Latein-, Deutschliteratur-, Italienisch-, Mathematik-, Geschichts-, Religion- und Erdkunde-Büchern. Auf der in der Schule erhaltenen Liste waren auch die Neupreise angegeben und so hatten wir eine solide Ausgangsbasis bei den ausgiebigen Preisverhandlungen. Die gebrauchten Bücher kosteten mich im Schnitt nur etwa die Hälfte des Neupreises und, da ich einen Großteil der Bücher gebraucht ergatterte, konnte ich einige der silbernen Fünfhunderter sparen und hatte für das angehende Schuljahr noch etwas Kleingeld in der Hinterhand, das ich sorgsam im Kleiderschrank hinter meiner Unterwäsche versteckte.

In der Schule stellte sich heraus, dass es viele Volksschulen im Land gab, in denen die Schwerpunkte des Unterrichts anders gelegt worden waren als bei uns in Jenesien. Während ich in den Fächern Mathematik, Geografie, wie nun Rechnen und Erdkunde plötzlich hießen, und Geschichte ganz gut mithalten konnte, hatte ich vor allem im Italienischunterricht beachtliche Defizite, deren Ursache unschwer zu ergründen war. Die Italienischlehrerin sprach wiederum kein Wort Deutsch, jedenfalls nicht mit uns Kindern in der Klasse, und war sehr streng. So kam, was kommen musste: die erste negative Note im Zwischenzeugnis, das damals noch nach dem ersten Trimester ausgestellt wurde. Der Heimleiter unterschrieb das Zeugnis und beruhigte mich mit den Worten, dass das mit dieser 5 in Italienisch nicht so schlimm sei und bis zum dritten Trimester schon noch eine ausreichende 6 (entspricht einer 4 in der deutschen Notengebung) werden würde, wenn ich mich anstrengen würde. Dennoch saß der Schock erst mal tief und ernsthafte Zweifel plagten mich, ob ich es überhaupt schaffen könne, zumal das neue Fach Latein mir auch nicht so einfach zuflog und ich mich beim Auswendiglernen der vielen Konjugationen, Deklinationen und vor allem Vokabeln gehörig anstrengen musste. Bevor feststand, welchen Professor (alle Lehrer ab der Mittelschule wurden damals als Professoren bezeichnet) wir im Fach Mathematik bekommen sollten, munkelten einige meiner neuen Mitschüler, die wohl von älteren Schulkindern entsprechende Informationen bekommen hatten: "Hoffentlich kriegen wir nicht die Göbel!" Und wer stellte sich uns vor? Natürlich die Frau Göbel! Sie war eine sehr strenge, allseits gefürchtete, hagere, schon etwas ältere Lehrerin, die auf peinlichste Genauigkeit bei der Schreibweise der Zahlen und Gleichungen achtete. "Nur so könne man Fehler durch Verwechslungen vermeiden!" sagte sie. So bestand sie darauf, dass wir das Zeichen für die Unbekannte x mit einer Schleife links unten begannen, um der Verwechslung mit dem Multiplikationszeichen keine Chance zu geben. Wenn eine Gleichung sich mehr als über eine Zeile ausdehnte, so durfte die Trennung nur über ein Addtions- oder Subtraktionszeichen geschehen und dieses hatte am Ende der ersten Zeile zu stehen und musste am Anfang der zweiten wiederholt werden. Auf diese Dinge achtete sie nicht nur bei der Kontrolle unserer Hausaufgaben, sondern ganz besonders streng auch bei den gefürchteten Rechenübungen an der großen Tafel neben dem Klassenpult, zu denen sie einzelne von uns, nachdem sie die zu lösende Gleichung angeschrieben hatte, "einlud". Später unterrichtete uns in diesem und in dem neu dazu gekommenen Fach Physik der Professor Stadtmann. Er war bei fast allen Schülern aufgrund seiner korrekten, und dabei doch menschlichen Art recht beliebt.

Im Fach Deutsch lehrte uns der Herr Professor Fromm, ein etwas fahriger Mann, der immer wieder gerne von den schaurigen Ereignissen und seinen Erlebnissen im zweiten Weltkrieg erzählte. Bei ihm konnte man eigentlich niemals eine negative Note für einen Aufsatz bekommen, wenn man irgendwo im Text eine Bibelstelle einfließen ließ, eine christlich religiöse Anschauung vertrat oder irgendwie den lieben Gott erwähnte.

Der Lateinprofessor, Herr Pess, war mindestens ebenso gefürchtet wie seine Kollegin aus der Mathematik. Er, war ein kleiner, dunkelhaariger Mann mit Brille, dunklem Anzug und genau gezogenem Scheitel. Er trat knapp an der Wand entlang durch das Klassenzimmer ans Lehrerpult, so als würde er sich vor uns schämen, wandte dann aber seinen, wenig Hoffnung weckenden, emotionslosen Blick auf uns, musterte uns, ohne einen Ton zu sagen und setzte sich hin, wobei er uns gleichzeitig mit einer Handbewegung aufforderte, es ihm gleich zu tun. Dann schlug er, immer noch wortlos, das Klassenbuch auf und öffnete erst den Mund als er begann, unsere Namen in alfabetischer Reihenfolge vorzulesen. Dabei blickte er sich nach jedem ausgesprochenen

Namen stumm fragend um, bis sich der Genannte durch Erheben meldete. Stand der Betroffene dann erst mal da, wurde er von ihm sekundenlang gemustert, mit einem Blick, der durch einem hindurch zu dringen schien. Das war ein eigenartiger Auftakt und schnell wurde uns klar, dass dieser Lehrer auf keinem Fall viel angenehmer werden würde, als es sein Ruf erwarten ließ. Später unterrichtete er uns auch im Fach Altgriechisch. In beiden Fächern waren seine allmorgendlichen Kontrollen der Hausaufgaben gefürchtet. Wer dabei erwischt wurde, dass er sie nicht ordentlich oder unvollständig erledigt hatte, der wurde ans Lehrerpult zitiert und musste eine quälende Tortur erdulden, die in uns endlos erscheinendem, peinlichst genauem Abfragen von Lerninhalten bestand.

Neben diesen, zum Teil überaus strengen Lehrern konnten wir uns bei den Professoren der Geschichte und später der Filosofie und der Kunstgeschichte insofern etwas erholen, als diese wesentlich lockerer waren und uns keinen allzu großen Stress bereiteten. Den hatte aber eher sie, vor allem der Filosofielehrer, Professor Sommerlein, mit uns! Er war ein nervös und unsicher wirkender Akademiker, der drei Doktorentitel sein eigen nannte, leider aber seine wohl außergewöhnliche Intelligenz didaktisch überhaupt nicht an den Mann bringen konnte. Gleichzeitig wurde sein gutmütiger Charakter schnell von uns ausgenutzt. So konnten die Mädchen eine negative Zensur einer Arbeit eliminieren, indem sie ihm ganz traurig in die Augen schauten oder so taten, als würden sie gleich in Tränen ausbrechen. "Nicht weinen, ist ja gerade noch 'ne Sechs!" Beruhigte er die schauspielernde Mitschülerin, strich die Fünf durch und ersetzte sie durch die ausreichende Note. Während dessen schnalzte ein Junge in der hintersten Reihe so laut er konnte mit der Zunge, was den zappeligen Lehrer aufschreckte und auf die Suche nach dem unbekannten Störenfried schickte, ein Unterfangen, das er aber bald wieder abbrechen musste, ohne

Aussicht, dem Störenfried je auf die Spur gekommen zu sein.

Der Geschichtslehrer, Herr Buchbichler, übte sich in seinen Ausführungen in einem überaus gepflegten Deutsch, das er mit spitzem Mund vortrug, und in einer auf uns Tiroler Kinder doch recht affig wirkenden Aussprache, die ihn uns ein wenig lächerlich erscheinen ließ. Zur Pflege der deutschen Sprache empfahl er uns wärmstens die gelegentliche Lektüre des Feuilletons der Frankfurter Allgemeinen Zeitung.

Der Sportunterricht machte natürlich Spaß. Der Lehrer unterrichtete uns nicht nur im Bockhüpfen, Turnen und Gymnastik sondern auch im Volleyball, Korbball (Basketball) und in den warmen Monaten in verschiedenen Disziplinen der Leichtathletik. Besonders das Kugelstoßen und der Diskuswurf hatten es mir angetan. Hier schaffte ich bei der Teilnahme der Südtiroler Schülermeisterschaften 1967 in Meran mit einem 34,8 Meterwurf einen 3. Platz, nachdem ich mich als Bester meines Gymnasiums zuvor qualifiziert hatte. Bei den Kugelstoßübungen im Turnunterricht wurde allerdings, als ich gegen 18 Jahre alt und immer kräftiger wurde, der Schulhof zu klein. So stieß ich das runde Metall bis an die gegenüberliegende, begrenzende Mauer. Der Einschlag war natürlich im Putz deutlich sichtbar und ich erschrak. Die Kugelstoßübungen fanden anschließend nur noch auf dem Sportplatz, der 15 Gehminuten von der Schule entfernt lag, statt.

Während der Schulferien nach der ersten und zweiten Klasse der Mittelschule war ich zu Hause, beim Winterle, und half bei der Arbeit auf dem Hofe. In dieser Zeit wurde ich deutlich kräftiger, wohl wegen der besser ausgewogenen Kost im Heim. So durfte ich das Mähen mit der Sense lernen, eine schwere Arbeit, die nur starken Männern vorbehalten war. Sie erforderte viel Kraft, aber auch Geschick beim Dengeln und beim Wetzen. Mein Vater hatte mir dafür eine etwas kleinere Sense gekauft und zeigte mir geduldig die wichtigen Tricks bei diesen Tätigkeiten. Wer beim Schärfen der Sense sorgfältig vorging, musste sich anschließend auf der Wiese nicht so plagen. Trotzdem war diese Arbeit auf Dauer für mich noch etwas zu anstrengend und ich musste sie meist im Laufe des Tages aufgeben und statt dessen das von den Männern gemähte Gras zum Trocknen auf die Wiese ausbreiten, eine Arbeit, die wesentlich weniger Kraftaufwand erforderte und üblicherweise von Frauen erledigt wurde.

Eines Morgens, es war Sonntag, der 19. Mai des Jahres 1963, bekam ich im Schülerheim überraschenden Besuch von meinem ältesten Bruder. Wir gingen auf den Hof und er begann zu erzählen, dass es unserem „Tatte" (Vater) nicht gut ginge. Da fiel mir auf, dass er eine schwarze Krawatte trug und ich fragte ihn ahnungsvoll: "Isch er gschtorbn?" "Ja", sagte er, "Geschtern ze morget (Gestern früh). Der Doktor hat gsogt, dass ihn der Herzschlag getroffen hat und er nicht mehr hat mochn und lei mer in Toad hat feschtstelln können". Er sei gerade auf der Wiese hinter dem Stall dabei gewesen, einen bereits gefällten „Larch" (Lärchenbaum) klein zu schneiden, als ihn der Herztod ereilte. Die Lina habe ihn gefunden. Sie hat ihn gesucht, weil er nicht, wie üblich, zur „Halbmettog" ins Haus gekommen war. Sie habe ihn auch gleich mit einer Decke zugedeckt, damit er warm bleiben konnte, bis der Pfarrer zur letzten Ölung gekommen sei.

Nach dieser Mitteilung waren wir ein Weilchen still und tausend Gedanken schwirrten mir durch den Kopf: Wie sollte es ohne ihn weitergehen? Wovon können wir, unsere Mutter und die etlichen noch minderjährigen Kinder, unseren Lebensunterhalt gestalten? Bin ich schuld am Tod meines Vaters, weil ich mich seinem Wunsch widersetzt und mich nicht für die Bauersarbeit sondern fürs „Studium" entschieden habe? Wird es für mich weiterhin möglich sein, die

Schulbank zu drücken, oder werde ich zum Lebensunterhalt der Familie beitragen und irgendeine Verdienstmöglichkeit wahrnehmen müssen?

Mein Vater hatte als junger Mann die anstrengende Arbeit als Fuhrmann ausgeübt. Die Aufgabe bei diesem Job bestand darin, täglich zweimal mit einem Pferd oder Muli von und nach Bozen Lasten zu befördern. Die größte Last war dabei aber mit Sicherheit der steile Weg nach Bozen. Das war die Zeit vor Errichtung der Materialseilbahn im Jahre 1936. Ein häufiger Auftrag war der Wein- und „Leps"-Transport. Diese Getränke wurden in „Lageln", ovalen, länglichen Fässern mit einem Inhalt von etwa 50 Litern abgefüllt, die sich gut beidseitig an die Rücken der Huftiere anschmiegten und so befördern ließen. Ein solches „Lagel" soll mein Vater gefüllt mit Wein mit dem mittleren Finger im Spundloch heben haben können. Er war damals wohl ein sehr rüstiger Mann und beim Fingerhakeln ein gefürchteter Gegner, wenn die jungen Dorfburschen im Wirtshaus ihre Kräfte maßen.

Bei einem jener Märsche habe es am „Gescheibten Turm" am Rande Bozens angefangen zu schneien. Er stieg höher und als er das Dorf erreichte, soll der Neuschnee bereits so hoch gewesen sein, dass er ihm in die Hosentaschen gerutscht sei.

Mit seinem Freund, dem alten Kreuzweger, führte er an einem Frühsommertag zwei Rinder auf die Kirchsteiger Alm zur Weide. Auf dieser erstreckt sich heute das Skigebiet Meran 2000. Nachdem sie das Vieh dort unter die Obhut des Hirten gegeben hatte, wollten sie, müde vom langen Fußmarsch, nach dem Abendessen bald ins Bett, um sich für den Rückmarsch am nächsten Tag auszuruhen. Als sie so in den Betten lagen, war aber an ein Einschlafen nicht zu denken. Zu groß war der Lärm in der Gaststube der großen Almhütte. Es dauerte bis spät in die Nacht, bis die übrigen

Gäste endlich auf ihre Zimmer gingen und mit dem lauten Treiben aufhörten. Am Morgen danach aber standen die beiden um 4 Uhr auf und ihr Zorn war noch nicht verflogen. Da ging mein Vater auf den Gang und „Norr onn (habe) i aber schu hurisch gjuhzt, dass es alle härn hobn gmi-et (zu hören bekamen) und bin glei wieder still in mein Zimmer inni!" Erzählte er sichtlich mit Genugtuung. Das „Juhzen" ist ein lauter „Djuhuh-Schrei", der eigentlich nur im Freien im Gebirge zu hören ist oder wenn die Kirchtagsmusik ein zünftiges Stück aufspielt, als Ausdruck der Lebensfreude oder wenn sich zwei weit entfernte Männer im Gelände kundtun wollen, dass sie auch da sind. Vielleicht hatte der „Juhzer" früher andere kommunikative Funktionen im Bergland.

Auf dem Heimweg von der Kirchsteigeralm kamen die beiden durch das Waldstück, das zwischen der Möltner Kaser, einer Almhütte, und den darüber sich erstreckenden baumfreien Almwiesen liegt. Hier fielen ihnen die vielen Flechten auf, die von fast allen Bäumen in langen Bärten herunterhingen. Sie holten ihre Benzinfeuerzeuge aus den Jackentaschen und zündeten einen Baumbart nach dem anderen an und lachten und hatten ihren Spaß, wenn das Feuer mit einem kurzen Fauchen den Baumstämmen entlang nach oben zischte, um dann wieder rasch zu erlöschen. Als der Vater einst das erzählte, hat er uns gleichzeitig aber sehr ans Herz gelegt, es ihm ja nicht nachzumachen!

Die Almen hatten es ihm angetan. „Je weiter aui und inni men kimmp, umso schi-ener isches!" (Je weiter man hinauf und hinein (gegen die hohen Berge) kommt, umso schöner ist es!) Meinte er häufig und schwärmte von der Schönheit des einsamen Kratzberger Sees. Vom Klettern im felsigen Gebirge aber wollte er nichts wissen. „Sem oubn onn i nicht ze su-echen." (Da oben habe ich nichts zu suchen.) War seine Begründung.

Eines Wintertags – er war gerade mal ohne Pferd und Vieh unterwegs – kam er an eine mit einer Eisplatte überzogenen Stelle des Weges, an der eine Gruppe von Boznern stand. Einer von ihnen sprach meinen Vater an: „Kantsch Du ins zoagn, wia mer dou iber de-i Eisplouter ummi kemmen? (Könntest Du uns zeigen, wie wir da über diese schräge Eisplatte laufen können?) Er sagte mit sicherer Stimme stolz: „Mochts lei a sou, wia i's enk zoag!" (Macht es nur so, wie ich es euch zeige!) Und er ging selbstbewußt voran. Kaum war er auf dem glatten Eis, da glitt er aber auch schon aus, fiel auf seinen Rucksack und rutschte über den Weg ins darunter stehende Gebüsch. „A sou hättn mir's a gekennt!" Lästerten lachend die Bozner, während er sich verschämt aufrappelte.

Als die Materialseilbahn in Betrieb ging, witterte er die Chance, mit dem Holz Schlagen und Verkaufen gutes Geld zu verdienen, wobei diese neue Transportmöglichkeit eine entscheidende Rolle spielte.

Schon vorher hatte er beim Guldegger Kirchtag das „Bescht" (Hauptpreis) beim Kegeln gewonnen und es der anwesenden Foagl-Mena geschenkt, die er wenig später im Jahre 1935 zum Traualtar führte. Die Hochzeitsreise wurde übrigens direkt nach der Trauung gemacht und endete noch am Abend desselben Tages. Sie gingen nach dem Gottesdienst den Fußweg nach Bozen. Dort wartete der Taler Peppi mit seinem Dreirad. Er „transportierte" sie nach Maria Trens, einem Wallfahrtsort bei Sterzing, ihrem Ziel. Nach einem kurzen Aufenthalt in der Kirche, wo sie für eine gute Zukunft beteten und einem Mittagessen, traten sie wieder den Heimweg an, wie mir meine Mutter erzählte.

"Pack dir 's beste Gwand ein und dann kannscht du hoam gi-ehn, ich hon mit'n Heimleiter schun gred't. Er meldet's a in deiner Schul, dass du die nächsten Tog net kimmsch". Sagte mein Bruder und so fuhr ich mit der Seilbahn noch am selben Tag nach Jenesien. Vaters Leiche war schon vom Winterle in die Villa Waldrast gebracht worden und lag in der Stube aufgebahrt. Seine Brust erschien mir recht angeschwollen. Das wäre so bei einem Herzinfarkt, wurde mir erklärt. Ich wollte ihn nochmal berühren und tippte mit meinem Zeigefinger vorsichtig auf seine Unterlippe. Da glaubte ich einen Laut aus seinem Mund zu hören und berührte ihn nicht mehr.

Im Haus waren zu jener Zeit das Erdgeschoß und das Obergeschoss vermietet. Meine Eltern und die 4 kleinen Schwestern lebten ja alle auf dem Winterlehof. Nun, da wir uns zu diesem traurigen Anlass in der Villa Waldrast einfanden, waren die Verhältnisse im Haus naturgemäß sehr beengt und meine Mutter wusste nicht so recht, wo sie uns alle unterbringen sollte. So blieb ihr keine andere Wahl, als mich zu fragen, ob ich nicht in der Stube auf dem Sofa, vor dem aufgebahrten Vater schlafen könne. „Sell (Das) getrau i mi schun!" Sagte ich zu ihr und spielte den starken Mann, obwohl mir die Sache doch etwas schaurig vorkam. So schlief ich zwei Nächte neben meinem toten Vater in unserer Stube und nicht mal schlecht. Ich fühlte mich dabei einerseits ein wenig wie das letzte Rad am Wagen, andererseits aber auch geehrt, weil die Mutter mir das zugetraut hatte.

Einen Tag nach der Beerdigung kam ein junger Bauer zu uns in das Haus. Mit seinem Vater hatte meiner ein sehr freundschaftliches Verhältnis. Er sprach mit meiner Mutter erst über das schreckliche Ereignis und drückte sein Beileid aus. Doch plötzlich, erwähnte er, dass unser Vater noch unbeglichene Schulden bei ihm habe, und forderte sie nun von ihr. „Jetz geäsche mer aber ou! Du woasch decht, wie's um ins steaht!" (Jetzt hau aber ab! Du weißt doch, wie es um uns steht!" verwies sie ihn daraufhin, energisch wie selten, des Hauses, das er auch wie ein geschlagener Hund verließ. Die Mutter war danach noch ganz aufgebracht und sie zweifelte daran, ob diese Schulden, von denen sie nie vorher gehört hatte, wirklich bestanden.

Für die Sommerferien nach dem Tod meines Vaters suchte meine Mutter nach Verdienstmöglichkeiten für mich. Das einsetzende deutsche Wirtschaftswunder bescherte dem Fremdenverkehr in Südtirol jedes Jahr steigende Touristenzahlen und einen beginnenden Aufschwung. Ja, Deutschland wurde in jener Zeit schnell reicher. Bei meiner ersten Begegnung mit der Bildzeitung an einem Zeitungsstand am Bozner Obstmarkt sprang mir die Titelseite in die Augen, auf der in dicken Lettern stand: „Kauft den Russen die Zone ab!" Den Zusammenhang dieser Aufforderung an die Politiker mit einem mehr als nur halbnackten Fräulein direkt unterhalb dieser Buchstaben, habe ich nicht so ganz verstanden.

„Ja, da könnten die reichen Deutschen doch auch den Italiener Südtirol abkaufen!" kam mir unwillkürlich in den Sinn, „Das wäre doch bestimmt wesentlich billiger!"

Wie gesagt, nahm der Fremdenverkehr zu und die Anzahl der neu erbauten Hotels stieg an. Während der Sommersaison wurden nun Hilfskräfte gesucht. Für mich hatte meine Mutter eine Arbeit als Tellerwäscher in einem Hotel in Völs am Schlern ausfindig gemacht. Dafür sollte ich 15000 Lire mit Kost und Logis im Monat bekommen. Das war zwar nicht viel Geld, aber für einen Vierzehnjährigen doch ganz beachtlich und wir waren uns sofort einig, dass ich den Job für drei Monate – so lange dauerten damals die Sommerferien – anstreben sollte.

Also fuhren wir mit der Seilbahn nach Bozen und mit dem Bus nach Völs und stellten uns vor. Die Chefin des Hotels hatte offensichtlich im Betrieb das Sagen. Sie empfing uns, wir unterhielten uns kurz und sie war mit mir als ihr neuer „Abspüler" einverstanden. So wünschte mir meine Mutter alles Gute und verabschiedete sich. Ich bezog das mir zugewiesene Zimmer im Dachboden des Gebäudes. Dann stellte mich die Chefin der Köchin vor und zeigte mir den Arbeitsplatz am großen Spülstein in einer Ecke der Hotelküche. Die Köchin war eine lustige Frau und ich hatte gleich das Gefühl, dass ich hier, unter ihrer Herrschaft, mich für die nächsten drei Monate nicht unwohl fühlen werde. Die Zeit verflog schnell zwischen all den Spül- und Abtrocknungsvorgängen der schweren Töpfe und Pfannen und der unzähligen Teller und des Bestecks. Bei den Gläsern kam es hin und wieder zu Ermahnungen seitens der Kellnerinnen, die mir vorwurfsvoll mal Flecken, mal Spuren von Lippenstift zeigten, dann aber mein Erröten bemerkten und beschwichtigend einwarfen, dass so etwas schon mal passieren könne, und in der besten Familie vorkommen könne, wenn man so viel zu tun habe. Wenn die Köchin noch Verunreinigungen an dem Kochgeschirr feststellte, brachte sie es mir zurück und bat mich, es erneut zu reinigen. Durch die räumliche Nähe unserer Arbeitsplätze hatten wir ständig Kontakt miteinander und verstanden uns recht gut. Wenn die Zeit es erlaubte, rief sie mich des Öfteren zu sich, damit ich die gute Fleischsuppe oder gar den Kalbsbraten probieren sollte. „Gell, dou ischt genue Gwürz drin!?" fragte sie häufig in Erwartung einer lobenden Bemerkung, auf die ich sie nicht lange warten ließ. Mir schmeckte alles! So nahm ich wohl etwas an Gewicht zu. Jedenfalls bemerkte die Chefin gegen Ende der drei Monate auf einem ihrer Besuche in der Küche, dass ich nicht nur aus der Gegend stamme, in der die Haflinger gezüchtet und gehalten werden, sondern dass ich auch dabei wäre, einen ähnlichen runden Hintern wie die stattlichen Pferde zu entwickeln.

Am Kirchweihtag kam sie in einem Dirndl mit einem relativ tiefen Ausschnitt in die Küche und erkundigte sich, ob alles für den zu erwartenden großen Andrang vorbereitet sei. Die Köchin erklärte ihr, dass sie alles im Griff habe und konnte sie beruhigen. Bevor sie uns in ihrem schicken Dirndl wieder verließ, lobte sie die Köchin noch ob ihres schönen Dekolletés: „Sie stelln schon wirkle was vor, Chefin!" sagte sie und ihre Worte riefen in der Mimik der Chefin einen versteckten Stolz hervor. In dieser gelockerten Stimmung fand ich schließlich auch den Mut, etwas zur Unterhaltung beizutragen. „Chefin, mir sein guat vorbereitet af'n Kirchti!" sagte ich, „I zem Beispiel, hon schun im Voraus abg'spült!" Da lachten die beiden Frauen und die Chefin verließ kichernd die Küche, um sich im Speisesaal weiter um zu sehen.

Nach diesem Feiertag bekam ich von der Chefin den Auftrag, die Abfallknochen, die in einer großen Blechschüssel gesammelt worden waren, zum Nachbarn, ihrem Cousin, zu bringen. Sie zeigte mir sein etwas oberhalb befindliches Haus. Dort sollte ich sie vor die Hundehütte schütten, damit "Wolf", so hieß der Schäferhund, auch noch etwas vom Kirchtag mitbekäme. Ich näherte mich mit dem Gefäß dem im Hundestall friedlich auf einer alten Decke schlummernden Hauswächter. Er hing offensichtlich an der am Boden liegenden Hundekette. Da er an die Knochen rankommen sollte, schätzte ich die Länge der Kette in etwa ab und wollte die Knochen in seiner Reichweite auf den Boden schütten, als plötzlich das große Tier mit lautem Gebell sich auf mich stürzte. Aus Schreck und Angst wich ich zurück und ließ Schüssel und Knochen fallen. Bei dieser verständlicher Weise unkontrollierten Aktion streiften die zu Boden fallende Blechschüssel und wohl auch ein paar Knochen das Auto eines Feriengastes, der es dort geparkt hatte. Unglücklicher Weise hielt er sich gerade in der Nähe auf und bemerkte den Vorfall, warf einen musternden Blick auf die Kratzer im Autolack und sagte in gestochenem Nordhochdeutsch: „Das wird teuer! So eine Reparatur kostet gleich 'ne Stange Geld!" Ja, würde am Ende mein gesamter Ferienlohn dafür draufgehen, dachte ich mir, den Tränen nahe, und dabei muss ich wohl einen sehr verzweifelten Eindruck auf ihn gemacht haben. Jedenfalls ließ er mich dann doch unbehelligt ins Hotel zurückgehen, wo ich nichts mehr von dem misslichen, doppelten Schreck hörte.

Mit viel Arbeit vergingen diese Ferien schnell und Mitte September war ich wieder daheim. Stolz übergab ich der Mutter mein verdientes Geld, stolz, weil ich nun, da unser Vater nicht mehr lebte, aktiv zum Lebensunterhalt der Familie einen kleinen Beitrag leisten konnte. Es blieben mir noch ein paar Tage, mit meinen ehemaligen Schulfreunden aus der Volksschulzeit zu spielen. Diese belächelten meine seit dem letzten Treffen im Frühjahr veränderte Stimme, die plötzlich ziemlich tief und erwachsen klang, während ihre noch die kindliche Höhe besaßen.

Die nächsten beiden Sommerferien sollte ich dann in einem Hotel in Seis am Schlern eine Anstellung finden und zwar als Hausmeister. So nannte man die Arbeit, bei der man mehr oder weniger Mädchen für alles ist, was so im Gästebetrieb anfällt. Diese Tätigkeit war abwechslungsreicher und wurde etwas besser bezahlt, freilich auch inflationsbedingt. Als eine besonders ehrenvolle Tätigkeit zeigte mir der Hotelbesitzer, wie man bei Bedarf ein neues Bierfass anschließt. Dazu gingen wir in den Kellerraum unterhalb der Hoteltheke. Von dort wurden die Bierleitungen nach oben an die Zapfstelle geleitet. Bei allmählich nachlassendem Eigendruck im Fass sorgte eine Kohlensäuredruckflasche für den nötigen Schub nach oben. Nach dem Abklemmen der Druckleitung öffnete er den bierführenden Schlauch am Fass, ließ das noch nachlaufende Bier schräg in seinen seitwärts geöffneten Mund fließen, bis es nur noch tropfte, und schloss dann die Leitungen an den neuen Behälter an. Dann fragte er mich, ob mir der Ablauf klar sei. Ich bejahte und führte fortan diese Aktion mit zunehmender Begeisterung alleine durch. An den bitteren Biergeschmack habe ich mich relativ schnell gewöhnt. Das Forstbräu schmeckte mir von Fasswechsel zu Fasswechsel besser.

An einem Wochentag hatte ich damals frei. Den nutzte ich dann zum Herumstreunen und zum Besichtigen der Umgebung des Dorfes. Als erstes nahm ich mir natürlich das am gegenüberliegenden Hang unter dem Schlernmassiv liegende Schloss Hauenstein vor. Von ihm hatte ich im Deutschliteratur-Unterricht gehört. Im Mittelalter, etwa um 1400, residierte hier Oswald von Wolkenstein als Burgherr. Ohne den geschichtlichen Hintergrund wäre diese Ruine für mich allerdings nur eine von vielen zerstörten mittelalterlichen Festungen gewesen, wie man sie in Südtirol zahlreich bewundern kann.

Im darauffolgenden Sommer kam mein Vetter Flor (Florian) als zweiter Hausmeister in das gut laufende Hotel. Er hatte es satt, die Ferien wieder auf dem Bauernhof, den nach dem Tode seines Vaters sein ältester Bruder übernommen hatte, zu verbringen und wollte sich woanders sein Taschengeld aufbessern. Sein Vater starb übrigens beim Holzfällen im Wald. Er geriet dabei unter einen umstürzenden Baumstamm und wurde erdrückt.

Gemeinsam mit Flor habe ich einen freien Tag genutzt, um den Schlern, das Wahrzeichen Südtirols, zu besteigen. Das ist nichts Außergewöhnliches, was die Kletterkunst betrifft. Vielmehr war dabei eine gute Kondition gefragt. Der Anstieg an Hauenstein vorbei führt schier unaufhörlich steil bergauf bis zur Baumgrenze und erst auf den freien Almen geht er allmählich flacher in das Hochplateau des massiven Berges über. Der Höhenunterschied beträgt etwa 1400 Meter.

Wir hatten uns vorgenommen, bei Sonnenaufgang auf der Spitze des Berges zu sein. Dieses Ziel vor Augen hatten wir uns sehr zeitig, fast mitten in der Nacht, auf den Weg gemacht und plagten uns, nur mit einem kleinen Rucksack ausgerüstet, hoch, schafften es tatsächlich, die ersten Strahlen der Sonne vom Gipfel aus zu beobachten, wie sie hinter den Zacken der östlichen Dolomiten hervorstachen. Danach wollten wir, durchgeschwitzt und deshalb schnell frierend, in das vom Gipfel aus zu sehende Schlernhaus einkehren, um einen warmen Kaffe oder eine Suppe zum Frühstück zu essen und uns ein wenig aufzuwärmen. Wie waren wir enttäuscht, als wir feststellen mussten, dass noch niemand wach war. So mussten wir uns noch etwas gedulden und wir bibberten vor Kälte auf der Terrasse bis wir endlich eingelassen wurden. Es gab heißen Kaffee, dazu ein etwas älteres und zähes Weißbrot mit Marmelade zum Frühstück, das wir nun in der warmen Gaststube genossen. Der Abstieg war für uns nur ein kleines Problem. Wir waren damals beide richtig fit und das Wort Übergewicht war uns noch fremd. Bereits mittags waren wir wieder im Hotel.

Unter den Gästen im Hotel befand sich in diesem Sommer auch eine Familie aus England. Nur der Vater sprach etwas gebrochen Deutsch, so wie man sprechen würde, hätte man dabei einen heißen Knödel im Mund. Mein Augenmerk richtete sich aber sofort auf die Tochter, deren Anblick mich gleich fesselte. Ich fand sie so schön, mit ihren dunkelbraunen Locken, ihrer Haut wie Marmor und ihren blaugrünen Augen, die so herrlich mein Herz erfreuten, wenn sich unsere Blicke trafen! Sie war so schön, dass ich mir keinen schöneren Menschen hätte vorstellen können. Wie gerne hätte ich in ihr Haar gelangt, sie umarmt! Leider habe ich mit ihr niemals ein Wort gesprochen. Trotz meiner Latein-, Altgriechisch- oder Italienisch-Kenntnisse wäre das mit einer Engländerin ja auch kaum möglich gewesen, selbst wenn ich den Mut gehabt hätte, sie anzusprechen. Den hatte ich aber natürlich nicht!

Während der nächsten beiden Schulferien verdiente ich als Reisebegleiter bei „Hummelreisen, Alpen-See-Express" in Hamburg etwa 1200 bis 1600 Mark. Das war locker verdientes Geld und ein Mehrfaches des Hausmeistergehalts im Hotel vorher. Hierfür musste ich lediglich den Fahrgästen beim Ein- und Aussteigen in den und aus den Ferienzügen behilflich sein, vor allem beim schweren Reisegepäck, und sie rechtzeitig vor Erreichen des Zielbahnhofes informieren. Auf diese interessante Zeit, in der ich mehrere europäische

Reiseländer der Deutschen, wie Spanien, Jugoslawien, Österreich und die Schweiz ein wenig kennen lernte, möchte ich nicht weiter eingehen. Mit dem verdienten Geld bin ich dann sehr gut durch das nächste Schuljahr gekommen.

Auf einer Heimfahrt von Mittenwald nach Hamburg – der Reisezug fuhr gerade der damaligen Zonengrenze bei Bebra entlang – kam die beunruhigende Meldung auf, dass die Russen mit Panzern in Prag einmarschiert seien, um dem Freiheitsstreben der Tschechen und Slowaken unter Dubcek ein Ende zu setzen. Würden die Amerikaner stillhalten oder drohte der dritte Weltkrieg? Nun, es war damals den meisten Menschen nicht klar, dass die beiden Supermächte die Einflußsphären in Europa klar abgegrenzt hatten.

Trotz der Ferienjobs fand ich noch Zeit und Gelegenheit, meine im Schülerheim und im Sportunterricht erworbenen Fähigkeiten beim Fußballspielen und in der Leichtathletik meinen Freunden im Dorf zu demonstrieren und sie dafür zu interessieren und begeistern. Das gelang mir so gut, dass wir einen Leichtathletik-Vergleichswettkampf mit den Burschen der Nachbargemeinde Mölten veranstalteten, der in der damals noch nicht von Fernsehen und Computer abgelenkten Dorfbevölkerung auf reges Interesse stieß. Besonders mein Pate war interessiert und stolz auf die Leistungen, die ich, sein „Te-it" (Patenkind), im Weitsprung, Hochsprung, Kugelstoßen, Diskuswerfen und 100m Lauf vollbrachte, Disziplinen, die ich allesamt aufgrund meines Trainingsvorsprungs gewinnen konnte. „Der Karl isch a Wundermensch!" soll er zu meiner Mutter nach dem Wettkampf gesagt haben.

Nur im Querfeldeinlauf, der vom Locherbach dem Weg entlang etwa 1,5 km bis nach Jenesien führte, musste ich mich einem Naturtalent, dem Feichter Karl, geschlagen geben.

Für Fußball aber waren die Freunde noch mehr zu begeistern, fand doch damals gerade die Weltmeisterschaft in England statt. Die Sportnachrichten in den Radios verbreiteten das Interesse an diesem Spiel überall. Besonders Peter, ein gleichaltriger Volksschulkollege, verfolgte das Geschehen und kannte so berühmte Namen wie Uwe Seeler, Franz Beckenbauer, Helmut Haller, Lothar Emmerich, Wolfgang Fahrian, Didi, Vava', Garrincha und Pele. Er war es auch, der den ersten Anstoß zur Gründung eines Sportvereins in Jenesien gab. Wir ließen uns seine Idee durch den Kopf gehen, fanden sie gut und überlegten, wer unser Trainer und unser Präsident werden könnte. Für letzteren Posten schlug einer Max vor. Er wäre besonders dafür geeignet, weil er als nicht knauserig galt und nach einem Sieg auch mal großzügig eine Runde ausgeben würde. Als Trainer schwebte uns der 2. Gemeindesekretär, ein schon deutlich älterer Herr, vor. Von diesem war bekannt, dass er schon einige Male als Schiedsrichter beim Eishockey in der Bozner Eissporthalle zum Einsatz gekommen war. Also würde er auch die Regeln des Fußballs kennen, so dachten wir. Beide Herren sagten spontan zu und so stand der Gründung des SV Jenesien nichts mehr im Weg.

Neben der Beschaffung der Sportkleidung war aber vor allem das Auffinden eines vernünftigen Fußballplatzes im unebenen Gelände unserer Gemeinde ein Problem. Die wenigen ebenen Wiesen, die unseren Vorstellungen entsprachen, waren ja gerade deshalb für die Bauern so wertvoll, weil sie als flaches Gelände nicht nur ertragreicher sondern auch noch leichter zu bearbeiten waren. Gott sei Dank fiel uns nach einigem Überlegen eine fast ebene Weide ein, die etwas oberhalb des Dorfes lag, der „Wieterer Simmel". Sie hatte eine ausreichende Größe und eine fast gerade, waagrechte Fläche, wenn man mal von den zwei, drei halbmorschen Baumstümpfen gefällter Lärchen und kleineren Hügeln absah, die man beim Spiel besser nicht übersah, wollte man nicht unversehens stürzen.

Vor unserem ersten Fußballspiel gegen die Nachbargemeinde Mölten am 7. Mail 1967. Man beachte, dass wir in Ermangelung von geeigneter Sportkleidung in unseren Unterhemden und aufgrund des noch etwas zu kleinen Sportplatzes nur sieben gegen sieben Spieler (Ersatzspieler waren ebenfalls schon dabei) antraten. Ich hocke in der vorderen Reihe als der Zweite von links.

Der Besitzer erlaubte uns zwar das Fußball Spielen, nutzte aber die Weide weiter für seine Rinder. Das gab dann hin und wieder bei unseren Dribblings unfreiwillige Ausrutscher auf frischen Kuhfladen. Unsere ersten Vergleichswettkämpfe mit den ebenfalls noch sehr jungen Mannshaften aus Mölten, Sarnthein, Kastelruth und weiteren Nachbargemeinden endeten vorerst alle mit klaren Siegen. Gegen Klobenstein setzte es die erste Niederlage.

Am 8. Juni 1967 hatten wir zur konstituierenden Sitzung eingeladen. Dabei wurden die einzelnen Funktionsträger gewählt: Max Wenter nahm das Präsidentenamt an, ich wurde zum Schriftführer, Oswald Gasser zum Kassierer, Herr Costazza zum Trainer, Egger Benedikt zum Vizepräsidenten und der Bürgermeister, Alois Gamper, zum Ehrenpräsidenten gewählt. Der Vereinsname wurde ebenfalls bei dieser Besprechung festgelegt. Sportverein Jenesien (SVJ) sollte er heißen und als Vereinsfarbe entschieden wir uns für Weiß-Rot.

So berichtete das Südtiroler Tagblatt „Dolomiten" am 30. Juni 1967 über unsere Vereinsgründung

Im Frühsommer des Jahres 1969 legte ich die Matura Prüfung ab. Noch vor dieser wichtigen Prüfung wurden alle Schüler in einem Einzelgespräch von einem Experten beraten, für welches Studium sie sich am besten eignen würden. Mir riet er zum Physikstudium. Als ich mich mit meinem Bruder Edl über dieses Thema unterhielt, meinte dieser jedoch, ich solle lieber Chemie studieren. Dieses Studium sei nicht so trocken und theoretisch und enthielte mehr praktische Arbeit, die doch viel interessanter sei. Auf seinen Rat habe ich gehört. Er hatte ja selbst an der Technischen Universität in Aachen Chemie studiert, eine gut bezahlte berufliche Laufbahn bei einer großen Chemiefirma in Ludwigshafen angefangen und musste es ja wissen. Bei der Anmeldung zum Studium an der Ludwig Maximilians Universität (LMU) München wurde von mir eine Deutschprüfung verlangt, so wie für Ausländer vorgeschrieben. Die hat aber mein Bruder dadurch verhindert, dass er sich am Telefon für mich ausgab und in gutem Hochdeutsch die bearbeitende Sekretärin anrief: „Ich kann nicht verstehen, warum ich eine Eignungsprüfung in Deutsch ablegen soll. Deutsch ist meine Muttersprache. Ich habe Italienisch wie eine Fremdsprache in der Schule erlernt, habe in Bozen ein deutschsprachiges, humanistisches Gymnasium besucht und eine deutsche Abiturprüfung abgelegt. Und bei uns seien ja sogar alle Ortsschilder zweisprachig!" argumentierte er von der Telefonzelle aus, und gab nicht auf, bis sie schließlich einlenkte und mir so die Kosten und Umstände der Extraanreise nach München ersparte.

Im Sommer vor meinem Studienbeginn und dem Umzug nach München bat mich meine Schwester Mena zu ihr zu kommen. Sie war Jahre vorher nach Johannesburg in Südafrika ausgewandert und stand plötzlich allein da, weil Franz, ihr Mann, nach einem Verkehrsunfall in einem Krankenhaus im Koma lag. Diesem Wunsch wollte und konnte ich natürlich nicht widersprechen, zumal sie die Flugkosten übernahm und mir sogar außerdem noch Geld für das bevorstehende Studium versprach, als Ersatz für das entgangene Gehalt bei einem Ferienjob, welches ich ja für den Start ins Studium dringend benötigte. Also stieg ich das erste Mal in ein Flugzeug, flog von Zürich aus über den Kilimandscharo nach Johannesburg und kam erst wenige Tage vor Beginn des ersten Wintersemesters wieder in die Heimat zurück. Dort war die Zeit dann knapp, in der ich mich um den Umzug in die bayerische Hauptstadt zu kümmern hatte.

Mit Sepp, dem Sohn eines Hotelbesitzers in Jenesien, fuhr ich in seinem Fiat 600 über den Brenner nach München. Er wollte seine Schwester besuchen, die dort verheiratet war. Es war nun ein vermeintlicher glücklicher Umstand, dass er mit einem Münchner Hotelgast vereinbart hatte, mir für die erste Zeit ein Zimmer in seiner großen Wohnung zur Verfügung zu stellen, bis ich eine eigene Wohnung gefunden hätte. In der Millionenstadt angekommen, klingelte er an seiner Wohnungstür. Sie wurde nicht geöffnet und durch die Fernsprechanlage wurde ihm klar gemacht, dass das mit meiner Unterkunft nichts wird.

Da stand ich nun, meine Habseligkeiten in einem kleinen Koffer in der Hand und wusste nicht weiter. Ein Glück, dass uns nach einiger Zeit quälender Unsicherheit das Kolpinghaus einfiel. Hier konnte ich recht günstig für die ersten Tage in einem Hochstockbett übernachten.

Einer meiner Zimmergesellen – offensichtlich ein begeisterter „Sozi" – schwankte in der ersten Nacht ins Zimmer an sein Bett und lallte: „Nie mea lass mers dran kumma, die Schwarzen, nie mea, die Schwarzen!" Er hatte offensichtlich den Sieg Willy Brandts und seine Wahl zum Bundeskanzler ausgiebig mit Münchner Bier begossen und vergessen, dass wir, seine Zimmergenossen, bereits schliefen oder dann wieder schlafen wollten.

Das war der Anfang meines Aufenthaltes und des Studiums in der Weltstadt mit Herz und hier möchte ich mit meinen Erzählungen schließen.

7. Schlussbemerkung

Am Ende will ich noch der Person danken, die sicherlich den größten Einfluss auf den Verlauf meiner Kindheit hatte, meiner Mutter. Hierzu möchte ich ein kleines Gedicht anhängen, das ich im Jahr 2003 zu ihrem 90. Geburtstag vorgetragen habe, damals allerdings in unserer nördlich der Alpen etwas schwer verständlichen Nesinger (Jenesier) Mundart. Die folgende Version des Gedichts ist zum besseren Verständnis für alle Flachlandtiroler ins Hochdeutsche übersetzt und ergibt dabei nicht immer einen flüssigen Reim.

Ich hab als Kleiner andere oft beneidet,
die waren nicht nur meist besser gekleidet,
sondern hatten auch mehr zum Essen, als wir arme Schlucker.
Sind oft hungrig ins Bett, knapp war Brot, Milch und Zucker!
Kalt war's auf dem Strohsack in unserem Zimmer.
Heute kennt man Ähnliches nimmer.
Wie die Geschwister musste auch ich zu einem Bauern gehen,
damit ich am Essenstisch weg war, nicht zum Verdienen.
Du hattest nicht viele Mittel, dir ist nichts geblieben,
als die Not zu verwalten und uns irgendwie satt zu kriegen.
Aber trotz aller Knappheit und manchem Entbehren
möchte ich heute für die Leistung dich ehren!
Und tät' mich, ich lüg nicht, heut' einer fragen,
die Kindheit zu tauschen: „Gar nie!" würd' ich sagen.
Weil sie schön war, wie die Geschichte erzählt.
Du hast uns viel Freiheit gewährt, den Stock selten gewählt,
hast uns unterstützt, so gut es halt ging und warst,
wie heute nicht jede ,Mama',
von der Früh bis zum Schlafengehen einfach immer für uns da.
Du hast uns viel Wichtiges mitgegeben fürs Leben.
Von zwei Dingen will ich jetzt nur kurz reden:
erstens, der Fähigkeit, mit wenig auszukommen in unserem Leben
und zweitens aber, den Ehrgeiz, nach mehr doch zu streben!
Mutter, jetzt bist du schon 9 mal 10 Jahr.
Danken möchte ich dir für Alles was war!

Vergelt's Gott und alles Gute!

Autorenbiografie:

Dr. Karl Schönafinger wurde im Jahre 1949 in Jenesien, einem kleinen Bergdorf in Südtirol, geboren. Seine Kindheit erlebte er dort. Nach Abschluss der Volksschule in Jenesien besuchte er das humanistische Gymnasium in Bozen und absolvierte dort sein Abitur. Danach studierte er an der Universität München und promovierte im Fach Organische Chemie. Von 1978 bis 2009 war er in leitender Position in der Pharmaforschung einer großen Firma im Rhein-Main Gebiet beschäftigt, wo er sich vor allem mit der Wirkstoffsynthese zur Behandlung von Herz-Kreislauferkrankungen und Diabetes befasste. Er ist Vater von vier Kindern und lebt mit seiner Frau heute im Ruhestand im schönen Alzenau in Unterfranken.

*Nichts verhindert den rechten Genuss,
so wie der Überfluss.*
(Michel Eyquem de Montaigne)

Unsere Mutter ist am 20. Dezember 2013
im Alter von 100 Jahren und 7 Monaten verstorben.